双葉文庫

魔法使いと契約結婚

ふしぎな旦那様としあわせ同居生活

三萩せんや

目次

ジョー

元気すぎてやかましい、ヤンキー風のカラス。キリヤの友人②。

タロウ

面倒見のいいインテリヤクザロ調な黒猫。キリヤの友人①。

キャラクター紹介

高山深月（たかやま みづき）

結婚コンサルタント会社に勤める独身アラサー会社員。仕事は出来るが日常生活はぐだぐだ。頼まれたら断れない、お人よしな性格。

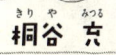

桐谷 充（きりや みつる）

イケメン魔法使い。甘え上手な末っ子気質だが、なんでも器用にこなす。誕生日前日に道端に倒れていたところを深月に拾われる。

プロローグ　契約結婚？

「高山深月（たかやまみづき）さん。魔法使いを続けるために、どうか僕と契約結婚してください」

……頭が痛い、と起き抜けの高山深月（29）は額を押さえた。

昨晩、浴びるように酒を飲んだからではない。

それもまったく痛みに関係ないといえば嘘になる。だが、本質的なこの頭痛の原因は二日酔いではない。どこかに頭をぶつけたわけでもないし、熱中症や気圧・気象によるものというわけでもない。

この頭痛の原因は、はっきりしている。

今、深月の住むアパートのリビングでテーブルを挟み座っている、名前も知らないイケメンと、彼による先のトンチキな発言だ。

頭痛に唸（うな）る深月をよそに、イケメンはまるで魔法のように鮮やかに一枚の紙を取り出し、テーブルの上に置いた。それを、およそ人類が理想とするような美しい形の手で示す。

「――というわけで、こちらにサインと捺印をしていただきたく」

「ちょっと待って！」

　真剣な表情で前のめりに説明するイケメンを、バッ、と深月は遮った。美術品のように端整な顔立ちに照れたからなどではなく、本気で「待て」と思ったからだ。

　一呼吸して、痛むこめかみを揉みほぐしてから手を退(しりぞ)ける。

　……と、きれいな顔がしょんぼりしていた。

「深月さん、昨日の夜は『いいよー』って言ってくれたのに……」

　イケメンは、カラスの濡羽(ぬれは)のような少し癖のある黒髪に、黒曜石のような美しい目をしていた。その肌は日焼けなどしたことがないように白い。撫で肩なところやゆっくりと瞬(まばた)きをする仕草は、どことなく猫のようだ。

　閉め忘れたカーテンから侵入する朝日の中で、彼はいっそう輝いて見えた。その瞳は、星空でも閉じ込めたようにキラキラと光を反射している。

　寝ぼけた頭なら、深月も小一時間ほど見とれていたかもしれない。執事服を着せたら様になるかもな、などと思わず悠長に考えてしまいそうになる。

　しかし、そんな場合ではなかった。

「結婚を？　私が？」

「思い出してくださいよ」

拗ねたように目を細める彼を見て、深月は頭痛を堪えながら考える。

このイケメンは、昨晩、深月が飲み会の帰りに見つけた男だ。

正確に言えば、拾ったのである。

決してやましい意味はなく、人命救助のつもりだった。

会社の飲み会後、深月がほろ酔いで家路をたどっていると、この男が道端――それも深月の自宅アパートの前――で行き倒れていた。憔悴しているくせに病院には行きたくないと情けなく泣くし、季節柄大雨が降ってくるしで、仕方なく部屋に上げてやったのだ。

それだけである。

別に、夜のうちにこのイケメンに既成事実を作られた、などということはない……はずだ。少なくとも、何かされた記憶はないし、そういう挙動を見せた時点で追い出している。酒は飲んでも呑まれるな、が深月のポリシーだ。

……まぁ、こんな拾い物をしている時点で、昨日はすっかり呑まれていたのだろうが。

「そ、そもそもだよ？　契約結婚って、ナニ？」

〝契約結婚〟

双方の利害の一致により行う結婚の形式だ——と、深月は解釈している。

結婚をする者同士であらかじめ〝婚前契約〟を取り交わすこの結婚形式は、取り決めを明確にするために結婚契約書なるものを作成することもあるという。非常にビジネスライクなのだ。

そういう点で政略結婚的とも言えるが、夫婦間のメリットだけを考えている点が家同士のメリットを考えたそれとは異なっていた。

「……あの、一ついい？」

深月は、目の前に置かれた『結婚契約書』を睨(にら)みながら尋ねる。

「はい。なんでしょう」

「とりあえず、さっきの言葉、もっかい言ってもらってもいいかな」

「プロポーズの言葉ですか？　ん～、仕方ないな。とりあえずって感じで言うものじゃないと思うんですけど……。まあ、命の恩人である深月さんの頼みなら仕方ない」

こほん、と気恥ずかしそうに息を整えてから、イケメンはまっすぐに深月を見つめる。

そうして彼は、ふざけた様子など微塵(みじん)も見せずに、先ほど発したのと一言一句、まった同じ言葉を口にした。

「高山深月さん。魔法使いを続けるために、どうか僕と契約結婚してください」

第一章　魔法使い、拾いました

それは遡(さかのぼ)ること八時間前。昨晩、深夜0時を過ぎた頃——。

ふらつく足取りをなんとか制御しながら、深月は会社の飲み会からの家路についていた。

「あ～飲み過ぎた……」

今日は、飲み過ぎてしまった。ここまで酔ったのは、新社会人の時以来だろうか。

いつもなら他の者の介抱に回る側で、そうこう気を回しているうちに飲み会はお開きになり、一同解散の頃には完全に素面(しらふ)に戻るというのに。

「でも、これが飲まずにいられるか～」

一人暮らしですっかり染みついてしまった独り言が、酔いで緩くなった口からこぼれる。

結婚コンサル会社に事務職として勤務し、六年。

抜けたベテランコンサルタントの穴を埋めるために「資料とか契約書の作成をお願

いする時、高山さんが一番頼みやすいから」というだけの理由でコンサル部署へと異動させられたのが、去年の夏のこと。現在たったの二年目だ。

なのに、しっかり者の性格が仇となり、上から下から注文が押し寄せる中間管理職的な位置づけになってしまっている。

それゆえ、日常的にストレスが溜まっていた。

さらに、今日の飲み会はひどかった。

男性上司からは「結婚したら契約数が伸びるんじゃないか？」とセクハラ紛いなことを言われた。既婚者の部下からは「高山さんのコンサル、私が担当しましょうか」と嫌味を言われた。そこからは「彼氏はいないの？」、「理想が高いの？」と許してもいないのに質問責めタイム。地獄だった。

ちなみに、人生で唯一の彼氏とは就職活動のゴタゴタで別れてしまい、既に八年経っている。

「はは。余計なお世話ですよーってね……」

田舎の両親からも電話のたびに「他人の結婚のお膳立てより、お前がまずは結婚をだな」という説教をされて、耳にタコの状態だ。

なのに、なぜこんな風に、職場からまで結婚を求められねばならないのか。

「はあ……どこかに私を介抱してくれる人、いないかなぁ……」

月のない真っ暗な夜空に、深月は、ぽつり、と呟いた。

こうして酔っ払っても迎えに来てくれる人はいないし、家に帰っても誰もいない。夜空と同じ、静かで真っ暗な部屋が待っているだけだ。仕事お疲れ様、今日も頑張ったね、偉い偉い……そうやって労ってくれる誰かは、脳内にしか存在しない。

つまり、己のみ。

そもそも独身を謳歌できる現代に、周囲のこの発言は時代錯誤だろう。深月自身、別に結婚しなくてもいいかな、と思っているくらいなのだから。

ただ、少し寂しい、と思う時もある。

幸せそうな家族を見た時や、こんな風に一人で夜の道を帰宅している時などは特に。かといって、「誰でもいいから結婚して！」とはならないのだが。

結婚するにあたり、恋愛感情などの気持ちがあればベストである。

しかし、ないならないで、たとえば自分に代わって家事をしてくれて、かつ、生活に干渉してこないような人ならいい。

「……って、そんな都合のいい人、いるわけないじゃん」

想像して虚しくなった深月は、薄暗い道の中、誰に言うともなく呟いた。

「疲れてるから、バカみたいなこと考えちゃうんだ。お酒も、バカみたいに飲んじゃうし……。あーもうー……私のバカ……」

己の心が感じる寂しさに、周囲からの圧力。

そういうろんなものが重なって、頭の中はぐちゃぐちゃで——気づいたら、今夜はお酒を浴びるように飲んでいた。理性がわずかでも残っているのが奇跡のような飲み方だったな、と深月の身体のまだ酔っていない部分が冷静に評価する。

「明日は二日酔いにならないといいけど……うん？」

ふと、深月は自宅アパートの目と鼻の先で足を止めた。

道の先に、違和感を感じたからだ。

じっと目を凝らしてみる。

と、ひっそりと道を照らす街灯の下に、人がうつ伏せで倒れていた。

「しっ、死体っ⁉」

男性だろうか。ぴくりともしない。

動いているのは、明かりの中でひらひら飛び交う羽虫だけだ。

（……ど、どうしよう）

警察に電話すればよいだろうか、でも、一体なんて説明したら？

そんな風に遠巻きに立ち尽くした深月が、頭をぐるぐる悩ませていた時だ。

「う……助け、て……」

倒れた人が呻くように声を上げた。

「うそ、生きてるの⁉」

深月は慌てて駆け寄った。

普段ならもう少し警戒しながら近づいたかもしれない。だが、今夜の深月はアルコールで頭がどうにかなっていたらしい。とにかく目の前の人を助けなければ、と天性の面倒見のよさがストッパーなしの状態で発動していた。

「だ、大丈夫ですか？」

尋ねると、男性はうっすらと目を開けた。

瞬間、深月はどきっとしてしまう。

酔いが一瞬で醒めるような、驚くばかりのイケメンだったからだ。

ただ、体調がすこぶる悪いらしく、色白の顔は血の気がなく蒼褪めている。それが、薄幸の美青年、というような放っておけない雰囲気を醸し出していた。

「大丈夫じゃないです……。具合、悪い……」

「どうしたんですか？　何か病気とか——もしかして、轢き逃げとかに遭った？」

「どっちも違います……」

「じゃあ、なんで」

「話すと長くなるんですけど……。すみません、今、それどころじゃなくて……」

男の曖昧な説明に、深月は困ってしまう。

どうしよう、動かしても大丈夫かな……そんな風に観察していると、男が気だるげに身体を起こした。

はあ、と熱っぽい息を吐くその姿には、妙な色気がある。一瞬、深月は状況を忘れて、ぼんやりと見惚れてしまった。

しかし、そんな場合ではないと、すぐ我に返る。

「と、とにかく救急車を呼びますね。具合悪いなら、病院で診てもらった方が――」

「ま、待ってください……！」

「きゃっ」

深月は小さく悲鳴を上げた。

携帯電話を取り出した深月の手に、がしっ、と男がしがみついたからだ。

男が、至近距離で懇願するように見つめてくる。

その両目に、深月は釘付けになった。

あ。星空に吸い込まれる――。

一瞬、そんな詩的な感想を抱いてしまう。

けれど、次の瞬間、彼が覆いかぶさるように倒れ込んできたので、ハッとしてその身体を押し返した。

「ちょっ、なんですか！　やめっ……警察呼びますよ！」

「だめ……警察は嫌です……あと病院も嫌です……怖い……」

もたれかかり、力のない声で言う男。

顔を真っ赤にしていた深月も、その言葉に「えぇ……」と呆れて抵抗するのをやめた。

「具合こんなに悪いのに、そんなこと言ってる場合じゃないでしょうが。警察はともかく、病院には行った方がいいですって」

「嫌です、怖い……行ったら死んでしまう……救急車は、呼ばないで……」

深月はぎょっとした。しくしく、と男が泣き出したからだ。

女性の泣き顔はこれまでも見ることがあった。しかし、とっくに成人はしているであろう男性が泣くのを見るのは、深月も初めてだった。ついでにイケメンは泣き顔もイケメンだった。

「ええ～。じゃあどうするの。あ、タクシーでも呼びましょうか？」

「帰る家がないです……」

「訳ありですか。うーん、じゃあ、やっぱり警察に電話を」

「やめてください～別に僕、犯罪者とかじゃないですから～……」

「と、言われましてもね」

しゃがみ込んだまま、深月は肩を竦める。

らちがあかない。しかし、家の前でこのまま倒れられていても困る。

「あの……水を……貰えませんか……」

掠れ声の男を見て、やはり熱中症か何かだろうか、と深月は心配する。

問答無用で救急車を呼んでしまおうか、いや逆恨みされても嫌だな、と考えていると、男がさらに訴えてきた。

「日付が変わると、誕生日になってしまうので……。水じゃなくてもいいんですけど、何かください……」

「……何それ。どういうことなの」

プレゼントをよこせ、というのだろうか。この状況で。

おかしな訴えに、深月は拍子抜けした。

「誕生日なの？」

「はい……。二十五歳に、なります……」

男は、深月の四つ年下だった。それを聞いた深月の中に、同情心が湧いてくる。

せめて、何か飲ませてあげようかな……そう考えたものの、近くにコンビニや自動販売機はない。家になら、風邪をひいた時用にスポーツ飲料が常備してあるが……。

「……分かりました。飲み物を持ってきますから――って、放してもらえません？」

深月は、自分のスカートの裾を掴んでいる倒れたままの男に言った。

「置いていかないでください……。一人にしないで……」

「何それ超めんどくさい……って、えっ。まさか、雨？」

ぽつ、ぽつぽつぽつ、と大粒の雨が降ってきた。

遠くの空がゴロゴロ言って、ピカッと稲光が走っている。

そういえば台風が向かってきているんだった、と深月は突然強くなってきた風に目を眇（すが）めながら思った。恐らく、これから夜通し、激しい雨風が一帯をなぶるに違いない。

こんな日に外で寝転んでいたら、どうなるか……。

「……………あの、ちょっとそこまで歩けますか」

いくつか大粒の雨に打たれたあと、深月は仕方なく男を家まで連れて行くことにした。

別に、イケメンにほだされたとかではない。

このままだと、この男は風雨の中で倒れたままだからだ。

さすがにこの状態で放ってはおけない。どうせ放っておけないのなら、とっとと現状を終わらせたかった。

早くベッドに横たわり、お布団に抱かれて眠りたい……。

そんな気持ちが、危機感に優ってしまっていた。深月を潰す寸前だった酔いは、まだ醒めていなかったらしい。だるい、めんどうくさい、早くこの状況を終わらせよう。もう疲れたよ……。

「あの、僕、キリヤと言います。どうぞ、キリヤと呼んでください……」

肩を貸してやると、男が名乗った。

キリヤというらしい男は、深月より頭一つぶん以上背が高かった。しっかり立てない状態のため、ずっしりとした重さが深月の肩にのしかかる。

先に言われた手前、深月も「深月です」と名乗り返した。パンプスのヒールが倒れそうになるのをなんとか堪えつつ、キリヤを支えて体勢を整える。

「深月、さん……」

耳元で吐息のようにキリヤが呟いたので、深月はまたも、どきっとしてしまう。

落ち着け、こういう状態を前後不覚というのだぞ。

いつもならそう訴えるはずの理性と、危機回避のための野性の勘は、まるで働いていなかった。それらは、どうやら一足先に夢の中に向かってしまったらしい。

深月はキリヤを半ば引きずるようにして歩かせ、数メートル先の自宅へと向かった。

◆◆◆

玄関を片手で開け、深月はキリヤをアパートの中へと運び入れる。

築年数が浅めの１ＬＤＫ。

線路が近いためか、家賃は近隣と比較するとお得な物件である。一人暮らしなら十分な広さで、客人を入れたところで窮屈さはない。

「変なことをしたら、警察を呼ぶから」

そう言って聞かせたものの、念押しの必要もないほどキリヤはぐったりしていた。

まずい気配がしたら本当に救急車を呼ぼうと思いつつ、深月は冷蔵庫に常備していたスポーツ飲料のペットボトルを取り出して、ソファに横たわらせていたキリヤに渡す。エアコンをかけたリビングは、外よりずっと不快指数が低い。

「飲める？　っていうか、起きられる？」

クッションに頭を埋めていたキリヤが、うっそりと目を開き、弱々しく頷いた。

よろよろと手を伸ばすのでペットボトルを渡してやると、ひどくだるそうに身体を起こして、それを飲む。

ちびり、ちびり、とお猪口の日本酒でも舐めるようなスローペースだ。

それを見ているうちに、深月のまぶたも重くなり始める。

窓を叩く雨と風の音が、輪をかけて眠りを誘う。外はすっかり嵐のようだ。

（それにしても、こんな状態の部屋に人を入れることになるとは……）

深月は、己の部屋を見渡して後悔した。

端的に言って、酷い有様だった。

空き缶やコンビニの惣菜パックが、リビングのテーブルの上に所狭しと並んでいる。なんなら載り切らずに、わりと床にも並んでいる。本来それらが入るはずのゴミ箱はとっくに満杯で、ごちゃっと溢れかえっていた。

部屋の一角では、洗濯済みの乾いた衣類が、畳まれずに小高い山を形成している。脱衣所のカゴには、一週間分の洗濯物がどっさり。使った食器も洗わず流し台に置きっ放しで、数日放置されていた。

最後に掃除をしたのは一体いつだったか。この惨状で黒光りする虫が湧いていないのだから、奇跡のようなものである。

（本当、ひっどいなんてもんじゃないわね……）

改めて現状を認識し、深月は遠い目になった。

一人暮らしの女の部屋として、人様に堂々と見せられるような状態ではなかった。関係を気にする必要のない見知らぬ人間が相手だろうが、さすがにこのゴミ屋敷の一歩手前を見せるのはどうかと思う。

（だって、仕事仕事で掃除どころじゃないし。誰かが来るわけでもないし……）

そんな風に、深月が頭の中で言い訳を巡らせていた時だ。

「はあ……助かりました……」

ペットボトルを半分ほど飲んだキリヤが、ため息をつくように言った。

さすがに今の彼には、この部屋の惨状を気にする余裕はないらしい。室内を物珍しげに見回したりすることもなく、ふらつく身体をなんとか起こしてソファに座り直すと、彼は深々と頭を下げた。

「本当にありがとうございました」

「もう大丈夫なの？」

深月が尋ねると、キリヤは「はい。どうにかこうにか」と胸を撫で下ろしたように頷いた。深月も「それならよかった」とホッとして脱力する。

と、外を騒がせている台風のように、睡魔が一気に勢力を増した。

「おかげで死なずに済みました。何かお礼ができればと思うんですけど、あいにく手持ちがなくて」

「どういたしまして……それなら、よかった……」

「……あの。もしかして、寝てます？」

「限りなく眠いけど、まだ寝てない……」

「見知らぬ男の前では、気を張っておくべきだと思いますけど」

「そうね……そう思うなら、帰ってください」

「帰る家、ないんですよね……」

「それ、さっきも聞いたけど、私に夜通し起きてろと？」

「僕には遠慮せず、寝てもらって全然構いませんけど」

「私が構うわ……ふわ……」

堪えきれず、深月はあくびを噛み殺した。

だめだ。目の前がぼんやりしてきた。

これは、あと十分も起きていられない。お布団が私を呼んでいる……。

「あの、深月さん」

うとうとしていると、キリヤが声をかけてきた。

「なに、帰ってくれるの……」

「いえ……ではなく、話を聞いて欲しくて。ほら僕、誕生日なので」

置き時計を見ると、既に日を跨いでいた。

視線をキリヤに戻すと、彼は何かを求めるようにニコニコしている。

「あー……はっぴーばーすでーとぅーゆー」

「えへへ、ありがとうございます。いやー嬉しいなあ。一気に元気になりました」

ゲンキンにも程があろう、と思った深月だが、確かに先ほどまで蒼褪めていた彼の顔には、すっかり血色が戻っているように見えた。

薄幸の美青年も悪くはないが、健康的な方がいいか、と深月も悪い気がしない。

「眠くて眠くて堪らないので……手短にお願いします」

自分の方がゲンキンかもね、と思いつつ、深月は彼の願いを聞き入れることにした。

「やった！　ええとですね、実は、その、こんな話をしたら、ちょっとおかしいやつだって思われるかもしれないんですけど」

「大丈夫……道端に倒れてた時点で……だいぶおかしいと思ってるから」

「ですよねー」

あはは、とキリヤは笑う。

それから呼吸を整えると、彼は本当におかしいことを言い出した。

「実は僕……魔法使いなんですよね」

その言葉に、深月は数秒ほど黙考（もっこう）した。

一瞬、なんと言われたのかピンと来なかったのだ。

まほーつかい……まほうつかい……。

「……頭、大丈夫？」

「そういう反応、当然ですよね。むしろ清々（すがすが）しいです」

「えーと……倒れた時に、どこか頭をぶつけたとかは……」

「ぶつけてないですし、これはいつも通り。正常ですよ」

なのでご安心を、とキリヤが苦笑する。

それから「そうそう、倒れたと言えば」と思い出したように続ける。

「さっき倒れたのも、実は魔力切れを起こしてしまったんですよね」

「魔力切れ」

「魔法を使ったんです。僕に残っていたありったけの魔力を使って、大きな魔法を」

「大きな魔法を」

深月は、思わずオウム返ししてしまった。

それ以外にどう反応したらいいのか、布団を求めてやまない今の頭では思いつかなかったのだ。もし、素面かつ眠くない状態だったとしても、まったく同じ返ししかできなかったかもしれないが。

「うん、魔法使いね……それで……？」

スリープモードに入ろうと脳が省エネを始めたせいか、深月の彼に対する扱いも既に雑になりつつあった。

対してキリヤは「続きを聞いてくれるんですね！」と瞳を輝かせている。これまで蔑ろにされたことしかないような反応だ。頭が働かない深月にも、彼がちょっと不憫になった。

「何から話そうかな……。あ、そうだ、魔法使いってなんぞやって説明、してませんでしたよね。そこからですかね」

「そうですね」

「えーと。魔法使いっていうのは、魔法が使える人のことです」

「まんまですね」

「あの、横になってもいいですよ？」

「どうぞお構いなく……いくら酔ってようと眠かろうと、そこまでスキを見せる気はありませんから……」

とは言ったものの、深月は身体を立てておくのもしんどかった。

テーブルに肘をつき、顎を支えるようにする。

人の話を聞く態度では決してないという自覚はあったが、そもそも聞いてくれと頼まれたからしぶしぶ聞いてあげているわけだ。なので、姿勢をどうこう言われても困る。

「で、魔法っていうのは、一種の奇跡でして。〝目に見える奇跡〟と、〝目に見えない奇跡〟があります。前者は、世間一般の人が思ってる魔法です。たとえば物を動かしたり、花を咲かせたり……あまり派手なことはできませんけど、頑張れば空を飛んだりもできます。まあ、起こす奇跡に消費する魔力は比例するので、無茶はできないんですが」

ゲームとかファンタジーな感じじね、と深月はうつらうつらしながら考えていたが、とうとう目を閉じてしまった。

半ば、夢の中にいるような心地だった。

これは大学の講義だろうか……魔法の講義なんてあっただろうか……というか、今はいつで、どこで、誰が話しているのだろう……。

「そして後者の目に見えない奇跡ですが……これは運命や、縁に干渉するものです。たとえば、運命の赤い糸をいじったりとか。でも、大事なものですから、簡単にはいじれなくて、魔力をたくさん使ってしまう。それこそ、さっきの僕みたいに倒れてしまうくらい――あれ？　深月さん？　もしもーし？」

すっかり相槌すら打たなくなった深月の様子に、キリヤがようやく気づいた。

「眠っちゃいましたか？」

「ううん……まだ……寝てません……」

答えてはいたが、深月は夢の中で教授に返事をしただけだった。居眠りなんて、してません。ちゃんと講義、受けてます……。

「こんなところで寝たら風邪ひいちゃいますよ？」

「うん……」

「ベッド行きます？」

「うん……」

「じゃあ、ちょっと失礼しますね。よいしょ、っと」

耳元でそんな声が聞こえたあと、深月は身体がふわりと浮くのを感じた。

ふわふわ、ふわふわ、気持ちいい。

それに、なんだか温かい。ぬくぬくする。

誰を気遣うこともなく、仕事を気にかけることもなく、酔い潰れる他人の心配をすることもなく、好きにお酒を飲んで、そのままお布団に入った時のような……ちょっと懐かしさを覚えるような……。

「このまま聞いてもらっていいですか？」

教授か、上司か同僚か部下か、はたまた顧客か。誰が言ったか分からなかったが、深月は「はい」と答えた。

◆◆◆

それから一晩が経ち——翌朝。

「うーん……朝……？」

カーテンから差し込む朝日に、深月は目を覚ました。

欠伸（あくび）をしながら起き上がり、気持ちよく背伸びをする。

昨晩は浴びるほどお酒を飲んだからだろう、帰宅途中からの記憶は恐ろしいことにすっぽりと抜け落ちている。その割に二日酔いもない、清々しい朝だった。

「よーし、今日は久々の掃除でもするかなー」

昨晩帰宅した姿のまま寝てしまったし、まずは入浴してサッパリしよう。そんな風に気分よくベッドを下りて、深月は足取り軽くリビングに向かった。

と、リビングに足を踏み入れて、はた、と固まる。

「…………………あれ？」

ない。

見るも無残なゴミだらけの汚部屋が、なくなっている。

あるのは、ピカピカと朝日に輝く、新築モデルルームのようなリビング。

「あ、おはようございます。深月さん」

驚きに固まっていた深月は、その声にハッとした。

見れば、ソファで見知らぬイケメンがくつろいでいる。

見知らぬ……いや待て、知っているような気も……とリビングと同じく朝日を浴びてピカピカと輝くイケメンを前にして、深月の抜け落ちていた昨晩の記憶がパズルのピースをはめていくように蘇り始めた。

「う、うそうそうそうそ！　な、なな、なんでいるのっ⁉」

深月の反応に、イケメンは目をぱちくりさせた。

「なんでって……。まさか、覚えてないんですか？」

「い、いや、覚えてますけど！」

絶賛思い出している最中だった。

昨晩は会社の飲み会で。珍しく飲んだくれて帰ってきたら家の前にイケメンが倒れていて。素直に病院にも行かないので押し問答していたら、大雨が降り出して。仕方なく家に入れて介抱してやって。誕生日だというので話を聞いてやって。そのうちに眠くなって——途中で寝た。

寝てしまった。

見知らぬ男の前で。

そもそも、家に入れてしまった。見知らぬ男を。

「……はっきり言って、ばかなのでは？」

自分への失望に、深月は低い声で呟いた。

「み、深月さん？」

「妹に『変な男には気をつけなさい』とか『酔った勢いでなんて、ダメ絶対』とか、散々偉そうに講釈を垂れていたくせに、当の自分がこの体たらくだなんて。ばっかじゃないの、私……」

「いや、お疲れだったみたいですし、そういう日が人生に数回あっても」

「よくない。あなたがよくても、私がよくない。酒は飲んでも呑まれるな、が信条（ポリシー）なのに……」

　慰めるイケメンに、深月は思わず両手で顔を覆った。

　妹をはじめ、関係各位に合わせる顔がない。目の前のイケメンにも。そもそも化粧したままの寝起きの顔とか、到底見せられるものでもない。

「……あの、とりあえず、シャワー浴びてきてもいいかな」

「ええ、どうぞ」

　顔を覆ったまま尋ねた深月は、了承を得ると同時に浴室へと走ったのだった。

◆◆◆

　——そうして、現在。

深月は、プロポーズされていた。

しかもイケメンことキリヤから聞くところによると、昨晩、深月はそのプロポーズにOKしてしまったらしい。

本当なら、ばかもばか、大バカ者である。

それを自覚した上で、深月は己が発した言葉の責任のなさを説明した。

「……ごめん。それ、寝言だったと思うんだ」

深月の言葉に、キリヤは本気でショックを受けたようだった。

しゅん、とする彼に、深月は申し訳なく思いながら、同時にホッとする。

とりあえず、彼は悪い人間ではないように見えた。というか、寝ている間に何かするような相手じゃなくて本当によかった。

「そんなぁ……。深月さん、ベッドに運んでからの方が、はきはき喋(しゃべ)ってたのに……」

「ああ、移動した記憶がないと思ったら、あなたが運んでくれたのね。それは、すごく、ありがとうなんだけど……」

「僕、頑張りました。お姫様抱っこ」

「お姫様抱っこ⁉」

想像して、深月は顔を真っ赤にした。

そんなことを誰かにされたのなんて、初めてだ。

そもそも、されるようなイベントが現実に起こるなんて、考えたこともなかった。

「そ、それはなんというか……。重かったよね、ごめんなさい……」

「いえ、そういうわけではなく。何が言いたいかというと、つまり、契約結婚をですね」

「待って。だから、なんでそんな話に」

「とりあえず、ベッドに行ってからの話はまったく覚えてない感じですかね」

残念そうなキリヤに、深月は「はい」と縮こまって答える。

情けないことに、プロポーズに至るまでの一切は夢の中だ。相手が誰かは別として、人生で初めての特別なイベントだったというのに。

「じゃあ、説明し直しますけど。僕は、魔法使いなんです」

「それは、寝る前にも聞いたけど……。ちょっと待って。本気で言ってるの？」

胡散臭(うさんくさ)げに尋ねる深月に、キリヤは「もちろんです」と真剣な顔で頷く。

「口で言っても信じてもらえないですかね」

「当然でしょ……。魔法使いだとか、自分が寝ぼけてたんだろうって思ってたのに。

いや、今もまだ寝ぼけてるのかも」

「じゃあ、とりあえず、コーヒーでも飲んで頭しゃっきりさせましょうか」

「コーヒーでもって、私が淹(い)れるんだよね……」

「いえ、僕が——というより、魔法が」

言って、キリヤはキッチンに人指し指を向け、指揮者のようにスイッと振る。

すっかり宝の持ち腐れと化しているが、カウンターキッチンなので、リビングのソファに座った深月からも、その様子はよく見えた。

まず、電気ケトルが宙に浮かんだ。

それが、ふわりふわりと、風船のように飛びシンクへ向かう。

と、今度は勝手に開いた蛇口がケトルに水を入れ始める。中に水を抱えたそれが、所定の位置へと戻り、かちり、と湯沸かしスイッチオン。

その傍(かたわ)らでは、ドリップコーヒーのパックが開き、独りでに戸棚から躍り出てきたマグカップにセットされている。

「本当は、挽(ひ)いた豆から淹れたかったんですけど。あ。ついでに、こっちも」

ふわ、とまだテーブルの上に残っていたマグカップが浮かび、シンクへと向かった。

そしてそこに溜まっていた洗い物と一緒に、泡を立てたスポンジによって磨かれてゆく。

「な、なに……？　なにが……起き、て……」

あわわわ、と深月は混乱した。

コーヒーを飲む前に、すっかり目が覚めてしまった。

「深月さん、ミルクと砂糖は？」

まだ夢の中かもしれない……と思っていると、キリヤが得意げな顔で尋ねてくる。

「いえブラック派なので……。いや、あの……これ……？」

深月が恐る恐る尋ねると、キリヤはにっこりと微笑んだ。

「魔法です。昨晩、深月さんが魔力をくれたので、こういうことができるくらいには回復しました。信じてくれましたか？」

キリヤの問いに、深月は無言ですっくと立ち上がった。

そのままキッチンへと向かい、飛び交う食器の様子を確認する。

（どういうことなの……？　見えない糸とかもないし……）

「トリックとかないですよ」

ふわふわとシャボン玉が飛ぶキッチンの中で深月が考え込んでいると、テーブルの前に座ったままのキリヤが自信満々の様子で言った。困惑する深月の前に、コーヒーのよい香りを立ち上らせたマグカップが浮かんでやって来る。

それを受け取ると、キリヤが再びにっこりした。

「信じてくれましたか？」

「一応……。完全にじゃ、ないけど……」

納得しきれぬままではあったものの、深月はキリヤの言葉に頷いた。

マグカップを持ったまま、キリヤの元へ戻り、腰を下ろす。あのように不可思議な光景を見せられてしまったら、全力で否定はできなかった。

「さて、どこから話しますか……。魔法についての話は覚えてますか？」

キリヤがそう切り出したので、放心気味の深月は冷静になろうとコーヒーを飲んだ。

人が淹れてくれたコーヒーを家で飲むのは、そういえば初めてかもしれない、と少しズレた感想がシンクから舞い上がるシャボン玉のように浮かぶ。

それを追いかけるようにして、昨晩の記憶も浮かび上がってきた。

「確か、赤い糸もいじれるとか、そういうのはたくさん魔力を使う、とかまでは聞いた気がする……」

「なるほど。じゃあ、そこから。僕もコーヒーいただきますね」

ふわ、ともう一つカップが飛んでくる。

それをキリヤが手にした時、朝こうしてコーヒーを誰かと飲むというのも初めてだ、と深月は再びズレた感想を抱いた。日常と非日常がまるでごちゃ混ぜで、どうにも頭が混乱してしまっているようだ。

「そういう魔法を使える僕たち魔法使いは、全人口の〇．〇一％くらい——一万人いたら、一人くらいの割合で存在してます」

「それ、結構多くない？　そんなにいたら、魔法使いに頼る社会になってそうだけど」

今しがた見たキッチンの光景を思い出し、深月は思った。

その場から動かずとも、コーヒーを淹れたり洗い物したりできる。ものすごく便利だ。深月だって、使えるなら使いたい。

「それがですね、魔法使いは、好き勝手に魔法を使えません」

「そうなの？」

深月が首を傾げると、キリヤが少し顔を曇らせた。

「魔法使いは、世界から愛されています。だから二十五歳になるまでは、ある程度の魔力が自然界から供給されるんですが……基本的に『〝誰か〟や〝何か〟のために魔法を使わなければならない』という縛りがあります。だから、魔法を使うために必要となる魔力も、自分以外の誰かから貰わなければいけません。ギブアンドテイクで成り立っている存在なんです」

「そっか、そういう……あれ？　でもあなたは、もう誕生日が来たから二十五歳でしょう？」

深月の疑問に、キリヤは「はい、実は……」と肩を落とす。

「二十五歳になった瞬間から魔力の自然供給が止まるので、代わりに誰かから与え続けてもらわないといけなくて……。昨晩は深月さんが魔力をくれたので、それで元気になったんですよ」

「私が、あげた？　あなたに魔力を？」

「はい。魔力っていうのは、生命エネルギーで、いわゆる――いえ、これはちょっと恥ずかしいので言うのはやめておきますけど」

「恥ずかしいの？　なんで？」

「え、ええと……そこはお気になさらず」

深月の疑問を、キリヤは誤魔化(ごまか)した。

それから仕切り直しとでも言うように咳払(せきばら)いして続ける。

「とにかく、あの時、深月さんが魔力をくれて、そのおかげで僕はこうして起き上がれるようになったんです」

「生命エネルギー……まさか、寿命とか吸い取ってないよね？」

「魔法使いは、そういうネガティブな存在じゃないですから。魔法で誰かを幸せにしても、不幸にしたりはしません」

キリヤが苦笑して否定したので、深月は「それならいいけど」と安堵（あんど）した。

「それで、ですね。本題はここから、なんですけど」

まだ本題じゃなかったの、と深月は身構えた。

「二十五歳になって以降、僕らが魔法を使い続けるためには、自分に魔力を与え続けてくれる人が必要になります。そのために、この〝結婚契約書〟で、契約結婚を証明する必要がありまして」

キリヤが、テーブルの上を示した。

そこには『結婚契約書』と書かれた一枚の紙がある。

「つまりですね。深月さんには、これにサインしていただきたく。僕に魔力を与え続けてくれる人として、契約して欲しいなって――」

「待って、待って！」

深月は慌てて話を止めた。

きょとん、としているキリヤを前に、話に追いつけない頭を押さえて尋ねる。

「契約結婚って、そういう意味？」

「はい。一般的な婚姻関係に加え、僕と結婚して魔力供給者になってよ、的な」

真顔で言いながら、キリヤは「この紙にちょちょっとサインしてもらえれば」と深月の前にペンを浮かせる。

深月はとっさにそれを掴み、テーブルに置き直した。

「それ、私の知ってる契約結婚と、ちょっと違うんだけど。そもそも魔法使いとか出てこないし……。それにこの婚約、あなたにメリットがあっても、私のメリットがないし」

「ありますよ、メリット」

今度は深月がキョトンとする番だった。

「あるの？」

「はい。っていうか、深月さん納得してたじゃないですか。僕が『契約結婚してくれたら魔法で願いを叶えてあげますよ』って言ったら、『じゃあ、いいよ～』って」

「それ絶対に寝言じゃん……」

「でも、深月さん、『どんな願いを叶えて欲しいですか？』って訊いたら、はっきりと願い事を口にしてました。だから、あー意識あるんだなー、って思ったんです」

「へっ？　私が？　そんなことを？」

完全に寝入っていたのだろう、深月にはまったく覚えがなかった。

一体、自分は何を口走った？　無意識だけに、変なことを言った可能性がある。

「あ、あの……、私、何を願ったんでしょーか……？」

だらだら冷や汗をかいて焦る深月の様子に、キリヤが目を細める。

「さあ、なんでしょうね？」

「え。それ、答えられないようなこと？」

「そうじゃありませんけど。でも、深月さんから提案してきたんですから、自分で思い出してくださいよ」

ぷいっと明後日の方を向いたキリヤは、少し拗ねているようだった。

「ええ……。なんだろ？　宝くじが一等当選するとか、石油王の口座を貰えるとか？」

「そんなことができたら、世の中の人みんなが同じようなことを願ってしまいます」

「それはそうか。じゃあ、仕事を楽にして、とか？　いや、ここは願い事を三つにする、とかが定石(じょうせき)……？」

深月が真剣に悩んでいると、く、とキリヤが笑った。

「……なに？」

「いえ、そういう願いじゃなかったですよ、とだけ。もっと可愛いお願いでした」

キリヤの眼差しが優しくて、深月は思わず目を逸らした。昨晩出会った時のように、胸が高鳴ってしまう。

「で、でも、結婚とか、急に言われても困ります」

「深月さんは、〝都合のいい結婚相手〟が欲しいんじゃないんですか？」

「え」

ギクッと固まる深月に、キリヤはニヤリと目を細めた。

「結婚しろって、周りからとやかく言われたくないんでしょう？　周囲に紹介できて、家事もしてくれて、生活に干渉してこない。そういう相手がいたら、結婚してもいい、って思ってるんですよね？」

「……な、なんでそれを」

「寝ている時の深月さんは、とても素直みたいです」

くらり、と深月はめまいがした。

自分はキリヤ相手に、どれだけ余計なことを口走ったのだろう。

「僕のことを、都合のいい結婚相手にしてみませんか？」

そんな言葉を、深月はすごく魅力的なプロポーズだと思ってしまった。それほど、周囲からの「結婚しろ」という圧力に苦しんでいたのだ。

「……でも、あなた、胡散臭いし、怪しいし」

「でも、嫌ではない？」

「まあ、顔はいいし？」

「顔〝は〟っていうのが寂しいですけど、深月さんの嫌いな顔ではないようでホッとしました。性格はおいおい知ってもらうとして、第一印象も大事ですからね」

「私、おいおい知っていく、っていう提案、まだ呑んでないけど」

深月の言葉に、キリヤが固まる。

そういう方向で強引にまとめてしまいたかったのだろう。

「……や」

「や？」

「役に立ちますよ、僕！」

己を売り込むためテーブルに身を乗り出したキリヤに、深月はギョッとした。その拍子にマグカップが手から滑り落ちるが、中身がこぼれる前にふわりと宙に浮く。

「うわ、便利……」

「はい、そうなんです！　便利なんですよ、僕！　炊事、洗濯、掃除、なんでも来いですし！　深月さんの生活力向上に大きく貢献することを約束します！　だから、どうか結婚してください！　帰る家がないんです！」

「……最後のが本音なのでは？」

「最後の〝も〟本音です」

「誤魔化さないのね」

「夫婦になるなら、包み隠さずが基本ですし。お願いします、深月さん……」

泣いてすがる子供のように、キリヤは涙目で深月に訴えた。

「嫌だって言ったら？」

「いいって言ってもらえるまで付きまといます。なんなら夢の中にも伺います」

「何それ怖い……。じゃあ、いいって言ったら？」

「幸せにします」

ただの一言だったけれど、それは卑怯だ、と深月は思った。

相手は昨晩出会ったばかりの見知らぬ人だ。なのに、自分のことなどなんにも知らないのに、どうして一番ぐらつく言葉を言えてしまうのか。

結婚詐欺師とかじゃないよね——そう言いかけて、深月は口を噤んだ。

万が一詐欺師だったとしても訊いたところで、「そうです」とは言わないだろう。

訊くだけ無意味な質問だ。

　つまり、信じるかどうかは、自分次第というところだが……。

「……住所不定の人と、どうやったら婚姻関係を結べるか、調べてあるの？」

「え？　それって――」

「早合点しないでね。そんな、すぐには無理。さすがに出会って一晩で正式に結婚なんて、迂闊にも程があるし……。だから、『婚約』で、どう？」

　信じられないけれど、信じてみたい。それが、深月の答えだった。

　言った瞬間、キリヤは数度ぱちぱちと目を瞬き――やがて、ぱあっと笑顔になった。

「ありがとうございます、深月さんっ！」

「……解消の可能性もあるんだからね？」

「分かってますっ」

　それはちゃんと分かってたんだ、と深月は少し安心した。魔法使いを名乗るような彼にも、常識というものは一応あるらしい。

「婚約だったら、その結婚契約書は書かなくてもいいんだよね？」

「はい。それは、正式に結婚を決めてくれた時でいいです。なんですが。あの、婚約ですけど……その……同棲、とかは……」

「家事全般、任せていいなら」

「任せてください！　全部やります！」

「あと、私の生活を邪魔しないでくれるなら」

「約束します！　むしろ、全力でサポートします！」

「……じゃあ、そういうことで」

深月の返答に、わーいわーい、とキリヤが少年のように喜ぶ。

その屈託のない笑顔に釣られて、深月も思わず微笑んだ。それから、改めて契約書を見て気づく。

当たり前だが、紙面には姓と名を記入する欄があった。

「ねえ。そういえば、キリヤのフルネームって、私、まだ聞いてなかったよね」

「あ。言われてみれば。すみません、失念してました」

「それは構わないけど、魔法使いでもやっぱり名字はあるんだね。なんていうの？」

深月の質問に、キリヤが「え？」と目を瞬く。

「なに、その反応……」

「あの、僕の名字なら、深月さん知ってるんですけど」

彼は困惑したように言った。

「へ？　もしかして、寝てる時に言ったとか？」

「いえ、そうではなく。僕、名字がキリヤなんです。木に同じと書くキリに、ヤは谷で、桐谷」

　思っていなかった返答に、今度は深月が目を瞬いた。

「そ、そうだったの。てっきり下の名前かと……」

「下の名前は、充です。桐谷充。昨日はとっさに名字を名乗っちゃったんですけど、深月さんはもう知らない人じゃないし、むしろ深い関係になりますし、これからは名前で呼んでもらっても――」

「キリヤでいいです」

　きっぱりと拒否する深月に、キリヤは狼狽えたようだった。

「え。ど、どうして？」

「なんか、私の名前と似ててややこしいし、もうキリヤで定着しちゃったし」

「ええ……。字面とか全然違いますし、毎日呼んでくれれば、そのうち……」

「いいえ。キリヤで」

　下の名前を名乗られたと思い、深月もそちらを名乗ってしまった。自分の勘違いとはいえ、それがなんだか悔しかったのだ。

どうやらキリヤは下の名前で呼んで欲しかったらしい。

彼は、訴えるように深月をじっと見つめていた。が、やがて、深月の頑なさは崩せないと見たようだ。すごすごと引き下がった。

「じゃあ、気が向いた時に呼んでください。それも僕の魔力になりますし」

「で、その〝魔力〟って、結局なんなの？」

「それは恥ずかしいので秘密ですって……」

なぜか照れながら回答を拒否するキリヤに、深月は追及を諦めた。

代わりに、キリヤと同じように「じゃ、気が向いたら教えてね」と言い置いておく。

「はい。言える時が来たら、その時は」

言って、キリヤは笑顔で深月に手を差し出してきた。

「これから、よろしくお願いしますね。深月さん」

少し照れつつその手と握手を交わして、深月も「よろしくお願いします」と応えた。

現代社会に疲れたアラサー女子と、謎のイケメン魔法使い。

こうして、二人の不思議な同棲生活が、ひっそりと始まったのだった。

第二章　魔法使いの友人

都内某所に所在地を構える結婚コンサルティング会社――それが、深月の職場だ。

事業内容は、主に結婚支援。

いわゆる結婚相談所に近いが、婚活パーティーなども運営しているため、社員は百人を超えており、部署もいくつかに分かれている。

深月は、現在そこで、結婚コンサルタントの職に就いていた。

繰り返すが、現在たったの二年目である。しかし、

「高山くん。今月の入会者数はどうなってる？　あと、今度のリーダー研修だが――」

「高山さーん、パソコンの調子がおかしくて、顧客データが出ないんですけどー？」

「高山さん助けて！　さっき、お客様からクレーム電話があって――」

会員相手のコンサルタント仕事の合間は、このように上司、同僚、部下から、社内のあれこれが引っ切りなしに舞い込んでくる。

本来であれば、ある程度の実績のある者が請け負う立場だ。

しかし、会社の勤続年数だけを見れば深月の方が同僚や部下より長いことに加え、

元々、深月の前任コンサルタントが部署のリーダーだったので、なし崩し的にその立場を押し付けられてしまったのである。

そんなわけで、深月にとっては、忙しさで殺伐とした職場となっていた。

辞めよっかな……と正直、考えたこともある。しかし、異動願いという一縷の望みがまだ残されているので、もう少しだけ続けてみることにした。

なお、二年目突入の際に提出した異動願いだが、考慮されている気配は微塵もない。

◆◆◆

今でこそコンサルタントの深月だが、最初は事務職だった。

そのため、仲のよい同僚兼友人らは、以前所属していた部署にいる。

海野明美と、河合陽菜がそうだ。

海野明美（30）は、バツイチで現在は独身かつフリー。

時々「結婚は人生の墓場よ……」と遠い目をして言うことがある。

河合陽菜（28）は、未婚だが、独身かつフリーなのは右に同じ。

異性からはモテるが、本人に結婚する気がまったくない。独身貴族を謳歌する者だ。

そんな風に、二人とも結婚相談に来るお客様には声を大にしては紹介できない思想の女性である。だが、何かと気が合う二人と、深月はすぐに飲み友達になった。部署が離れた今も、ランチを一緒にとることだって少なくない。

　さて、深月がキリヤとの同棲生活を始めて二週間。

深月は今その友人二人と、近くのレストランでランチをしていたのだが、

「そういえばさ。深月、最近なんかあった？」

「あー。それ、わたしも思った」

明美と陽菜が、突然そんなことを言い出した。

訊かれた深月は、え、とパスタをフォークに巻いたまま固まる。

「な、なんで？」

「最近、なんか顔色がいい気がしてさ」

明美の言葉に、うんうん、と陽菜が頷く。

「分かるー。あと、ため息が減った」

陽菜の補足に、今度は明美が「それね」と頷き返した。

それから二人は、固まったままの深月をじーっと探るように見つめる。

「えーと……。最近、栄養価の高い食事をするようになりまして」

二人の視線に耐えかねて、深月は答えながらも思わず目を逸らしてしまった。

それに気づいたのか否か、明美が首を傾げる。

「なに、自炊とか始めたの？」

「あーうん、まあ、そんな感じで……」

「へえ。いつもコンビニご飯とかで済ませてたよね、確か。作る余裕ないって」

明美の追及の矛先が逸れず、深月は冷や汗をかいた。

どうやら明美の女の勘とやらが全力で働いているようだ。深月が、何か隠し事をしているのではないか、と。

「いやー……老後のことを考えて、ちょっと節約しよっかなって」

深月の必死の言い訳に、一番節約と無縁そうな陽菜が「あー大事なやつー」と強く頷いた。

陽菜のその反応に、明美も意外そうな顔になる。

「陽菜、節約とかしてんの？」

「全然ー。でもしてないからこそ、大事さに思いを馳せるというかー」

「思いを馳せたなら実行すれば？」

「んー、それができたら苦労しないっていうかー」

「まあ、言っておいてなんだけど、突き詰めて節約するなら、ランチとかもできないもんね」

「そうそうー。お弁当とかもさー、仕事行く前に作ってる子は偉いよねー」

「うちの部署に、毎日作ってきてる人いるわ。男だけど」

「男の人でちゃんと作ってる人は、より偉い気がするー。気だけだけどー」

「そうそう。作れない人間としては、男も女も関係なしに尊敬するわ。あたし、無理」

明美と陽菜の会話の流れに、深月は内心、ホッと胸を撫で下ろした。どうやら明美の疑念の矛先は逸れたらしい。

やがて話題は職場の話に移ってゆき、そのままランチタイムは終了した。

三人とも会社のビルまで一緒に戻って、エントランスでそれぞれの部署へと解散する。

「嘘をついてしまった……」

仕事場へ一人向かう間に、深月は罪悪感からポツリと呟いた。

確かに自炊はしている。

……ただし、深月ではなくキリヤが、だが。

老後のための節約なんかもしていない。

……したのは、キリヤとの婚約だ。

友人たちが感じた変化も、キリヤと婚約兼同棲をしたのが理由だろう。ここ最近体調がいいのだって、キリヤが炊事をはじめとした家事をすべてしてくれるおかげだ。

とはいえ、キリヤはまだ、友人たちに紹介できる相手とは言えなかった。

婚約はしたものの、彼とは出会ってほんの少ししか経っていない。いつ破談になるか知れない、そもそも素性も微妙な相手なのだ。

それに、正直に出会いの経緯を話せば、明美たちには間違いなく心配されるだろう。深月なら心配する。もし妹が相手だったら「あんたの貞操観念はガバガバか」と説教するかもしれない。

説教はされてもいいが、心配をかけたくはないな、と深月は思う。

とはいえ、誤魔化すために嘘をついてしまった。

友人二人と、それからキリヤに対して一抹の気まずさを覚えながら、深月は午後の仕事に向かうのだった。

◆◆◆

日が沈む頃、仕事を終えた深月は職場を出た。

少し前まではスーパーやコンビニに寄って出来合いの夕飯を買って帰っていたのだ

が、ここ最近はほとんど寄り道せずに帰宅している。買って帰る必要がなくなったからだ。

ただ、今日はある物を買うため、コンビニに寄ってから家へと向かった。

帰り着いた自宅のドアを開ける。

と、部屋には明かりがついていた。

「あっ！　おかえりなさい、深月さん」

語尾にハートか音符が付いていそうなご機嫌ボイスで出迎えてくれたのは、キリヤだ。待ってました！　と言わんばかりである。

彼の声と同じく、キッチンの中もいたくご機嫌な様子だ。

具体的には、調味料の瓶や香草、木ベラが、踊るように飛び交っていた。

ホラー映画好きの人間が見たら「ポルターガイストだ！」と騒ぐかもしれないが、このキラキラしていてファンシーな光景は、よく見ずともまったくの別物だ。ちょっと夢の国にでも迷い込んだ気分になる。

「あ、うん、ただいま」

「夕飯のメインディッシュは、チキンと夏野菜のハーブソテーです。もうすぐ出来上がるので、くつろいで待っていてください。あ、何か飲みますか？」

「じゃあ、麦茶を一杯貰えると助かります。とりあえず着替えてくる」

「分かりました」と応えるキリヤを脇目に、深月は自室へ向かった。

部屋着に着替えるために扉を閉めてから、ふと、この状況について冷静に考える。

見ず知らずの男性との同棲生活。

しかも、彼は自称・魔法使い。

受け入れる決断をした深月にも、さすがに不安は多分にあったはずなのだが。

「……これが案外、快適なんだなあ」

深月は、思わずしみじみと呟いてしまった。

キリヤとの生活を始めて、かれこれ二週間。

朝目覚めれば朝食が用意されていて、帰宅すればこんな感じで明るい部屋に夕飯とキリヤが待っている。

料理の味は、悔しいが完璧だ。掃除や洗濯も、同様である。

なお、下着は見るな、手で触れるな、と念押ししてあるが、家事は魔法でやってくれているので、そんな無茶な要望も可能らしい。なんて便利な……。

お風呂も入れてくれるし、頼んだらコーヒーだって淹れてくれる。自分でやる必要は、一切なし。至れり尽くせりとは、まさにこの状態である。

「私、ほぼ今まで通り、好き勝手に生活してるだけなんですけど……」

深月は、メリットしか享受していない現状を振り返る。

実は、深月の生活の負担は金銭面でもほとんど増えていない。

一緒に暮らす人間が一人増えたというのに、今まで通りの家賃と光熱費、それから今まで使っていた額の食費を出しているだけなのだ。

正確に言えば、キリヤから頼まれた〝もう一つの条件〟があるのだが、それは取るに足らないものだった。というか、普通それくらいやって当たり前、と深月が思うような条件なのである。

仕事着から部屋着に着替え、深月は自室を出た。

キリヤに言われた通り、リビングでくつろいでいようかな、とソファに座る。と、目の前に麦茶の入ったグラスが、すーっと宙を滑るように飛んできた。

それを手に取り口をつけ、ふう、と一つ息をついて、深月はキッチンを振り返る。

「ありがとう、キリヤ。私も、何か手伝おうか？」

「いえ、大丈夫です。深月さんはくつろいでいてください」

「うーん、でも、こう毎日任せきりもなんだか悪い気が……」

「本当、気にしないでいいですよ。深月さん、お仕事から帰ってきたばっかりで、お疲れでしょうし。それに、僕はこういうの苦じゃないですし、任せてもらうことを条件に婚約してもらったわけですからね」

「そっか。じゃあ、よろしくね」

言われたままキリヤに任せることにして、深月はその場に腰を落ち着けた。

誰かに何かをしてもらうこと。尽くしてもらうこと。

それは、最近まで馴染みがなかったことだ。

深月は自分でなんでもやって来たし、やってしまいがちだったし、押し付けられがちでもあった。だから契約とはいえ、キリヤに任せて自分はくつろぎっぱなしという状態に、最初の数日は居心地の悪さもあった。

『誰かに自分を委ねる』ということができなかったのだ。

しかし、二週間ぬるま湯の生活を与えられた現在、深月の心は徐々に緩んできていた。

今では彼への申し訳なさより、快適な生活を与えてくれることへの感謝の気持ちが優っている。キリヤの「それでいいんですよ」という言葉も、素直に受け入れられるようになってきた。

（誰かに甘えられる生活って、こんなに落ち着くんだなぁ……）

麦茶で喉を潤しながら、深月は改めて実感していた。

と、それから間もなく、キッチンから「深月さん、できました！」という声がした。

「お皿が行きますよー」

そんなキリヤの声から少し遅れて、すいっ、と深月が前にしたテーブルの上に皿が飛んできた。続いて、ご飯茶碗と汁椀、それからお箸。二人分のそれらが、向かい合うような形でゆっくり降下し、テーブルの上に並ぶ。

鼻先をくすぐる温かな香気に、くう、と深月のお腹が思わず鳴ってしまった。

「深月さんは、手放しで人に甘えるの、まだちょっと苦手ですよね。僕のことを気にしてくれるのは嬉しいですけど」

料理に続いてやって来たキリヤが、テーブルを挟んで深月の前に座りながら、からかうような口調でそう言った。

図星を突かれた深月は、ちょっと照れて明後日の方に視線を向ける。

「だって、他人には甘えないものでしょ、普通」

「他人に上手に甘えられた方が、人生が楽になると思いますよ。僕は甘えてばかりですし、甘えるのが特技みたいなものですし」

「……後半がなければ、結構いい話に聞こえるんだけどね。惜しい」

にこにこ顔で自堕落発言をしたキリヤにツッコミを入れて、深月はテーブルの上を見渡した。

キリヤが言っていたように、メインディッシュはチキンと夏野菜のハーブソテーだ。こんがり焼き目のついた一口大の鶏もも肉たちの周りを、緑のズッキーニ、赤や黄色のパプリカが目を楽しませるように彩り、ローズマリーやバジル、ガーリックのほのかな香りが鼻をくすぐる。

傍らには、こちらも夏野菜のナスとミョウガ、それから油揚げを使った、具沢山のお味噌汁。その隣には、ふっくらつやつやに炊き上げられたご飯。かつおぶしの載った茹でオクラの小鉢も添えられている。

深月は頬を染め、はあ、と感心のため息をついた。

「今日もおいしそうだなぁ」

「やだな。『そう』じゃなくて、ちゃんとおいしいですよ？」

自慢げなキリヤに、深月は素直に「知ってる」と頷き、手を合わせた。

それを見て、キリヤも同じように手を合わせる。

「いただきます」

二人で唱和し、食事を始める。

こういうのも、キリヤがやって来るまではなかったことだ。

慣れない深月は、まだ少しこそばゆい。

キリヤがやって来た日の翌朝、誰かと一緒にコーヒーを飲むのが初めてだったのと同じく、彼と同棲する前、最後に自宅で誰かと手料理を食べたのは、一体いつのことだっただろう。ふと記憶を遡ろうとした深月だが、目の前の食の誘惑に負け、一瞬で現在に引き戻される。

（さて、まずはお味噌汁を……）

深月はお椀を手に取った。

汁を口に含む……と、出汁（だし）と味噌、そしてミョウガの香りが鼻の方に抜けていく。舌の上では、厚揚げの旨味を吸ったナスがとろける。

ほう、と深月は幸せなため息をついてから、今度はメインディッシュに箸を伸ばす。

ハーブの香味とオリーブオイルをまとった野菜とチキンは、なんとも程よい焼き加減だった。噛むほどに口の中が喜んでしまう。炊飯器で炊いたはずのご飯は、ほくほくもっちりと甘みがあり、まるで土鍋で炊いたようだ。ここに小鉢のさっぱりとした茹でオクラが、箸休めにちょうどいい。火の通し加減もバッチリである。

「ん～～～～、どれもおいしい～！」

思わず綻(ほころ)んだ頬に手を当てて、深月は満足げに口走る。

キリヤの料理の腕は、自慢げになるのも当然なほどだった。この二週間の間に彼が作ったものは、どれも深月が作るものよりずっとおいしかった。

本人によれば、和食、洋食だけでなく、作れるメニューは豊富らしい。調理には魔法を使っているが、それは効率のためで、使わずとも作れるのだという。つまり、元々が料理上手なのだ。

ちなみに「僕、おいしいものしか食べたくないので」というのが、彼の料理に対する向上心になっているようだ。わがままなのに努力は惜しまない、となんだかちぐはぐだが、案外そういう気持ちが人を上達させるのかもしれない。

「お口に合いましたか？」

「うん、キリヤのご飯は本当おいしい。毎日メニューも違うのに、すごいよ。ありがとうね。すごく助かってる」

「いえいえ、こちらこそありがとうございます」

「私、感謝することはあっても、されることは、ほぼないはずなんだけど」

「婚約してくれました」

「それはそうなんだけど」

「家に住まわせてもらってますよ。僕、一銭も入れてないのに」

「それもそうなんだけど……。でも、本当にこれでいいの？」

満足げに微笑むキリヤに、深月はもう何度目かの疑問を投げかけた。

キリヤと婚約関係になった深月だが、同棲している以外に婚約者同士らしいことは何もないのが実情だ。ルームシェアと変わりないどころか、住み込みの家政夫さんをタダで雇っているという方が近いかもしれない。

なのに、キリヤが深月に出した唯一の条件は〝感謝する〟というだけ。

感謝の感情を表現する――それさえあれば、彼は十分に満足だと言うのだ。

それが、深月には解せない。

だから同棲して三日ほどは、何か裏があるのでは……と勘ぐってしまった。しかし、今日に至っても、彼が本当にそれで満足しているようにしか見えないのだ。

腑に落ちていないのが顔に出ていた深月に、キリヤが「本当に、いいんです」と言った。

「僕は、深月さんから感謝の気持ちが貰えればいいんです。それが僕の魔力になるから」

「感謝されると、魔力が溜まるの？」

「ざっくり言えば、そんなところです。褒めてくれてもいいです。お世辞でなければ。なので、褒めて伸ばして、たくさん感謝してください」

「……そこまで言われると、ちょっと押し付けがましいんですけども」

「すみません、調子に乗りました……」

しゅん、として反省するキリヤに、素直か、と深月は感心する。

数日一緒に過ごして、これが彼の素で、別に猫を被っているわけでもないのだと分かってきた。なので、生活を共にするストレスもない。裏で何を考えているのかと勘ぐる必要がないからだ。

つまり、深月にとって、キリヤは既に安心できる相手になり始めていた。

「……デザート買って来たの。冷蔵庫に入れておいた」

「えっ、深月さん、それ、僕の分もですか？」

「昨日、甘いの好きって言ってたから。いらなかった？」

「いらないわけないですよ、深月さんが買って来てくれたのに！　魔力の元ですよ！」

「そうなの？　これでも魔力、溜まるの？」

「はい。だから、いります！　食べます！　いただきます！」

言ってキリヤが立ち上がったので、深月は「待って待って」と慌てて引き止めた。

「まずはご飯。デザートは、そのあとでしょ」

「僕は今すぐにでも頂きたいのですが……。魔力……」

「なるほど、私と一緒にご飯は食べたくない、と」

「深月さんは、僕と一緒に食べたいんですか？」

「そ、そう思わなかったら、訊かないでしょ……」

「それもそうか。では、あとにします。僕も深月さんと一緒がいいですから」

キリヤは納得したらしい。深月に笑顔を向け、食事に戻った。

二人で、一緒に夕食を食べ終える。

と、キリヤはすぐに魔法で洗い物をし、その傍らで食後のコーヒーを淹れ始めた。

それを横目に、彼本人はそわそわしながら冷蔵庫へ。深月がコンビニで買って来たデザートのプリンを手に戻ってくる。

「本当に二人分あるんですね！」

「まあ……。というか、コンビニスイーツにそこまで喜んでもらえるとは」

「深月さんが僕のために買って来てくれたんですから、喜ばないわけがないですよ」

目をキラキラさせて、キリヤが断言した。

彼はかなり嬉しかったらしい。

キッチンで振るわれている魔法にも、彼のご機嫌さが反映されていた。小さな虹色のシャボン玉が、ふわふわと浮かんでは弾けている。

「僕、こういうの初めてで……。なんか、いいですよね」

プリンを見つめていたキリヤが、ふいに感慨深げに呟いた。

「初めてって、コンビニスイーツが？」

「いえ。こうやって、お付き合いしている女性に買ってきてもらえるのが」

「え、そうなんだ。でも、それって、どうなの……？」

「当時は気にしませんでした。僕が奢って当然なんだなと。けど、こうして貰ってみて気づきました、ちょっと悲しかったことに……」

言って、キリヤは少し寂しそうな表情を見せた。

プリンの蓋を開けながら、深月は一人頷く。

「そっか……。っていうか、そうだよね……」

「ええと、深月さん？　それは何に対しての納得ですか？」

「ああ。キリヤだったら、付き合ってた人の一人や二人くらいいるよねーと思って」

「まあ、なきにしも……あれ？　もしかして深月さん、それってヤキモチを」

「いいえ。純粋に、事実に思い至っただけ」

「……妬いてくれてもいいんですよ？」

「いえいえ、そういう関係でもないし」

「僕、深月さんの婚約者ですけど」

「別にお互い恋愛感情があるわけじゃないし。だいたい、キリヤだって私に元カレがいたところでヤキモチ妬かないでしょ？　魔力が貰えれば、私じゃなくてもよかったんだろうし」

指摘され返して、キリヤは一瞬黙り込んだ。それから小声で、

「……そうでもないですけど」

ボソッと不満げに呟いた。

聞き間違いだろうか、と深月は目を瞬く。

「あの、今のは……」

「なんでもないです」

つん、とキリヤはそっぽを向いてしまった。

その拗ねたような反応がなぜ出てきたのか分からず、深月は困惑して首を傾げる。

と、キリヤが「そうですよね」とため息交じりに言った。

「そう、とは……？」

「僕の過去のお付き合いとかも、深月さんは別に気にしないんですよねーって」

「うん、まあ……。今がよければいいじゃないというか。あ、怖い交友関係を継続されてたら困るけど」

深月のその言葉に、ピクッ、と一瞬キリヤの表情が動く。

「え。キリヤ、その反応は何？　怖い交友関係、あるの？」

「いえ。そういうのは、ないです。たぶん」

「じゃあ、今の反応はなんなの？」

「あの……今の、『今がよければ』って深月さんの発言なんですけど……」

「あ、そっちか。うん。それが、何か？」

「その……深月さんは僕と婚約したこと、後悔とかしてなくて、よかったと思ってるってことですか……？」

キリヤが恐る恐るといった様子で尋ねる。

それに対して深月は、あまり深く考えもせず「そうだね」と答えた。

「後悔してないし、あなたとの生活は悪くないかもって、ちょうど思っていたところ」

「えっ、本当ですかっ」

「じゃなきゃ、二人分のプリンとか買ってきませんて。ほら、食べよう」

キリヤが「はーい」と機嫌よく返事をすると、そのタイミングでコーヒーカップがテーブルに到着した。

そのコーヒーを飲みながら、深月は嬉しそうにプリンを食べるキリヤを観察する。

悪くないかも、と思っているのは本当だ。

どこか黒猫っぽい、と最初キリヤを見て思った深月だが、彼の素直さは、どちらかというと犬っぽい。

深月にとって、彼との生活は期待以上に快適だった。

こういう毎日が続くのなら、恋愛の感情や関係などなしにでも結婚するのは悪くないかもなあ、とすら思い始めている。周囲の既婚女性たちから聞く配偶者に対する愚痴のようなものも、今のところはほとんどないし。

そう、『ほとんど』ない。

……つまり、『少しは』あるのだ。

都合のいい同棲相手である彼にも、深月的に、直してもらいたいところが。

◆◆◆

深月が直して欲しい彼のその悪癖は、二人でプリンを食べた少し後に起きた。

「お風呂上がりましたよ、深月さん」

脱衣所から出てきたキリヤの声に、深月は目を向けて固まった。

そこに、素っ裸のキリヤがいたからだ。

もう何度か同じ状況になっているのに、反射というものは恐ろしい。深月は、慌てて目を逸らした。そのままキリヤを見ず、叫ぶように言う。

「だ・か・ら！　何度も言ってるけど！　服を！　着て！」

「だって暑くて……。お風呂で少しのぼせちゃいましたしー。あ～扇風機～涼しい～」

深月の視界の端で、キリヤが裸体を晒したまま扇風機の風に当たっている。

さすがに下着は穿いてくれたが、それにしても目のやり場に困る。

……裸の、身体。

初めて会った夜、寝落ちした深月をキリヤがベッドに運べたのは、彼が魔法を使ったからでは？　と深月は思っていた。服を着ていると、撫で肩がどこか非力そうだし、猫っぽくて少し頼りない感じがあったからだ。

しかし、彼が魔法なしでも運べたらしいことは、見えてしまった身体から分かる。

案外、しっかりと筋肉がついた男の身体をしていた。

そう、まぎれもなく彼は男だった。

それを意識すると、さすがに深月もどきどきしてしまう。

だから、服を着なさい、と事あるごとに注意してはいるのだが、彼はどうも暑さに弱いようで、こればかりは素直に聞き入れてくれない。

それどころか……。

「あれー深月さん？　もしかして、赤くなってますか？」

「なってない」

「へー……。本当かなぁ……」

瞬間、深月は固まる。

背後にキリヤの声と気配が近づいてきたからだ。

「あ、やっぱり赤くなってる。ほら、なってますよ？」

彼の湯上がりの熱が、ふわ、と深月の首筋のあたりにかかる。

その声が、耳元をくすぐった。

「な、なってないってば」

「ふーん、そうですか。でも、いつもはもう少し――」

「黙れ。言うな寄るな。服を着ろ。すぐに。今すぐに」

深月はぞんざいな言葉遣いでキリヤを制した。

からかわれている。それが分かっていながらも、平静さを保ってあしらうのは、深月にとっては難しかった。頼むからそれ以上は近寄るな、と必死に念じる。寄ったら噛みつくぞ、と威嚇（いかく）するかのように。

「……深月さんのお願いなら仕方ないですね」

背後に立った彼の圧がようやくなくなり、深月はホッと脱力した。

どうやらキリヤは、ようやく服を着る気になってくれたらしい。自分の部屋へと向かったようで、深月の背後にあった気配が遠くなる。

ちなみに、このアパートの一室……キリヤが来てから一部屋、増えている。

キリヤが増やしてしまったのだ。やっぱり、魔法で。

玄関からリビングまでの短い廊下の壁に、あの日から一枚の扉が現れていた。その謎の扉が、彼の寝室に繋がっている。

本来であれば、そこは隣の家の区画に当たる空間なのだが、そこに異空間を挟み込むような形で部屋を存在させているらしい。異空間なので、広さもお好み設定、家具の設置や模様替えも自由自在だという。

ちなみに、カーテンの色や窓の外の景色などは毎日違うそうな。もはやバーチャルルームである。深月は中の様子を知らないが、なかなか面白そうだと思った。

しかし、そんな部屋を用意できるなら、帰る家がなくても平気なのでは？

深月はそう思ったが、許可なく他人の敷地に異空間への扉をつくってはならない、というのがルール、常識なのだそうだ。

魔法使いとは、どうも変なところで律儀な人たちらしい。もっとも、好き勝手に魔法を使われては、非魔法使いの人間たちが困るので、配慮してくれているのは助かるところであるが。

キリヤにも部屋があることで、深月もプライバシーが守られる。なので、一部屋増えたことも歓迎すべきことだった。

……しかし、それでも今しがたのように、リビングが裸体に侵害されることが、まままある。

「こればっかりは、直してもらわないとなぁ……」

でないと深月の心臓が保たない。

というか、これは一種の契約違反だ、と深月は思う。

彼は、深月の生活の邪魔をしない、と言った。

なのに、深月の心臓が正常なリズムを刻むのを邪魔している。契約の反故だ。なんなら、これを理由に追い出してしまえるくらいの違反行為である。

……が、ここ二週間で、深月はすっかり彼に胃袋を掴まれてしまっていた。

一昔前なら「男女逆だ」と心の声で突っ込まれただろうが、このご時世、料理男子がいたっていいし、料理のできない女がいたって全然いい。……いいのだが、これではキリヤが立場上有利で、悪癖を直させる支障になってしまう。

結局、快適すぎる生活と、たった一つの悪癖を天秤にかけると、どうにも彼に強く出られないのだ。

そんな自分が、深月は少し情けなかった。

「どうしたものか……」

室内の温度を好きに下げさせてみる、喜んで着るような寝間着を買い与えてみるなど、それらは既にやってみたことだが、結果はどれも三日坊主。彼に着衣を継続させることはできなかった。

「さっき喜んでたスイーツで釣るとしても、毎日買い与えるわけにもいかないしなぁ」

深月はため息をついた。

誰かに——それこそ明美や陽菜あたりに——相談したい。

が、まだ誰にも秘密の関係だ。残念なことに、相談できる相手はいない。

キリヤにぴしりと言って聞かせてくれるような共通の友人でもいればなあ、と考えてみるも、キリヤの交友関係どころか、素性のほとんどは未知の状態だ。これで魔法が使えていなければ、本当にただの不審者である。

「本当に、誰かいればいいのに……」

そんな『たられば』を考えたとて、打開策は思い浮かばず、今日も一日が終わってしまうのだった。

◆◆◆

悩みというものは、別の悩みを呼ぶ性質があるのかもしれない。

それは、日曜の午後、仕事のない休日のことだった。

「こういうの、夫婦みたいじゃないですか？」

隣を歩くラフな外出着のキリヤが、にこにこしながら言った。

その手には買い物かご。中には、野菜や肉のパックなど、食材が入っている。

現在、深月とキリヤは、食材の買い出しにスーパーへと来ていた。

キリヤにお金を預けて完全に任せてしまってもいいのだが、さすがに休日の動ける日は協力した方がよい。その辺の線引きはきっちりしておきたかったので、一緒に来たのだ。

「私たち、まだ婚約の状態だけどね」

「深月さんがあの紙にサインをくれれば、いつでも夫婦に格上げですよ」

すいっと顔を寄せてキリヤが囁く。

深月は内心の焦りを隠しながら、彼に疑問をぶつけた。

「……天性のたらしって言われない？」

「ええと、なんの話ですか？」

深月の問いに、キリヤが目をぱちぱちさせた。

そんな呆け顔もイケメンだから、にくい。

そして、だからだろう。先ほどから——というか、ここで買い物を始めるまでの道すがら——キリヤはたくさんの視線を集めていた。

年頃の女性の大半は言わずもがな、ご年配の女性から就学前の幼女、果ては男性まで、すれ違う人々がほぼ百パーセント振り返る。芸能事務所が飛んでスカウトに来そうなイケメンのキリヤなので、当然というか、仕方がない現象だった。

今も、スーパーの陳列商品に向けられるべき買い物客の視線が、キリヤの方に向けられている。恐らく、彼らの視界に深月は映っていない。ただの背景の一部だろう。

けれど、なんとなく深月は嬉しかった。

それは優越感なのかもしれないし、充足感なのかもしれない。

などと思っていると、キリヤが、

「あっ。なんなら買い物が終わったあと、その辺のカフェでお茶でもしながら、ササッと記入してくださっても」

なんとも雑な提案をしてきた。

「それは、やだ」

「だめですか……」

「だめっていうかさ。そういうのはササッと済ませていいものじゃ――」

と、二人で話しながら、レジを目指して食材の並ぶ通路を曲がった時、

「あれっ、深月？」

「あー本当だー」

そこでバッタリ会ったのは、同僚兼友人の明美と陽菜だ。

「えっ。二人ともなんで……？」

「うん。あたしは今晩のお酒と乾き物を買いに」

「わたしは深月がこの前してた節約の話に思うところがあって、たまには料理しよう

かなって思ってー」

「で、たまたま偶然ここで会ったわけなんだけど……そちらのイケメンは？」

明美が、深月の背後にいるキリヤに目を向けて言った。

陽菜の視線も、同じくキリヤに向いている。

「えーと……彼は……その…………………友達……？」

「なんで疑問形なのよ。あと、そんな仲のいい男友達がいるなんて、今まで一度も聞いたことなかったけど？」

「じゃ、じゃあ、親戚の……」

「『じゃあ』っておかしくないー？」

焦って変なことを口走った深月は、明美と陽菜に次々と論破されてしまう。

助けて！　とキリヤを見るも、彼は「知りませんよ」と言うように、つーん、と明後日の方を見ている。誤魔化しの協力は期待できないらしい。

そして目の前の明美と陽菜は、「早く吐いちゃいなよ」と言わんばかりだ。二人とも、もう深月の答えなどほとんど分かっているような目をしている。

（これは、だめだ……言うしかない）

言い逃れも許されなさそうな状況を前に、深月は降伏することにした。

腹を括って、正直にキリヤのことを説明する。

「えーと……彼は、私の婚約者です」

「どうも。桐谷充と申します」

今しがたの拗ねたような態度が嘘のように、とびきりのスマイルでキリヤは答えた。

その言葉は、明美と陽菜の予想の上をいっていたらしい。

「うっそ、婚約者⁉　彼氏じゃなくて、婚約者⁉」

「いつの間にー⁉　初耳なんですけどー！」

買い物かごを取り落として叫ぶ友人二人。

深月は慌てて、落ち着くようにとそれを宥める。

「ご、ごめん。言う機会を窺ってたんだけど、本当、最近のことで……。嘘じゃないよ！　ね、最近だよね、キリヤ？」

「はい。最近、同棲し始めたんです。ね、深月さん？」

キリヤの補足に、深月は顔が真っ赤に、頭は真っ白になった。

違う、それは余計だ、と思ったが、時既に遅し。

明美と陽菜が「キャー」「同棲だってー」と小さな悲鳴を上げた。

女子高生のようなリアクションだが、二人ともいい大人である。なんなら女子高生の年齢×約二倍に相当するアラサーである。

「ま、待って！　ここ、レジの邪魔になるから！　この話は外でしよう！　二人とも、このあとの予定は？」

「あたしは特になし！」

「わたしもないよー！」

「じゃ、じゃあ、ちょっとそこのカフェに行かない？　遅くなっちゃったけど、報告がしたいので……」

深月の申し出に、二人は即ＯＫを出した。

というか、二人とも「早く詳細を聞かせろ！」とでも言うように前のめりだ。

「――というわけで、キリヤ。申し訳ないんだけど、先に帰っててもらえるかな？　二人に話してくる」

「深月さんの大切なご友人のようですし、僕もご一緒して改めてご挨拶を」

「い、いや……えーと……ほ、ほら！　お肉とか、買った食材が傷むとまずいから！」

「これ、まだ支払い済ませてないですけど」

「もう買うでしょ！　ほら、レジ並ぼう！　明美、陽菜、スーパーの外で待ってるね！」

キリヤの背をぐいぐい押して、深月はレジへと向かう。そこで食材の支払いを済ませると、荷物をキリヤに任せて、彼を見送った。

一人で帰らせたことに申し訳ない気持ちになったが、さっきみたいに予期せぬ補足をされては堪らない。だから、これは仕方のないことだ、と自分に言い聞かせる。

そうして深月は、友人二人と共に付近のカフェへと向かった。

コーヒーを手に二人と向かい合う形で座ると、深月は言葉を選びながら説明する。

「えーと……さっきの彼の話通りではあるんだけど……。婚約しました。ここ最近の話です。同棲もしてるんだけど、これも最近のことでして……。報告が遅れて、ごめんなさい」

深月は二人に頭を下げた。

明美と陽菜はお互いに見合ったが、すぐに口を開く。

「驚きはしたけど、別に、謝ることじゃないっしょ」

「そうそうー。こういうの報告なんて、本人らがしたいかどうかだしー」

「最近じゃ、結婚報告もしないとこ増えてるじゃん」

「そもそも結婚しないとこも増えてるしー」

「だから、深月がうちらに報告するつもりでいてくれたことが嬉しいよ」

「そうそう。それだよー」

明美と陽菜の言葉に、深月はじーんと胸が熱くなった。

ここが昼間のオシャレカフェではなく、飲み屋でアルコールが入っていたら、間違いなく二人を抱きしめていただろう。

「前から思ってたけどさ。二人ともいい子だよね」

抱きしめはしないが、思わず想いが深月の口をついた。

いい友人を持ったなあ、としみじみ思ったからだ。自分の対人運の大部分は、友人関係に使ったのかもしれない。

「で、めちゃくちゃなイケメンだったけど、あれ、どうしたの?」

「気になる気になるー。出会ったの、どこー?」

「えーと、家の前で……。具合が悪くて倒れてたところを助けた」

正直に話す深月に、明美と陽菜が呆れたようにも感心したようにもとれるため息をついた。

「深月……。あたしらより全然あんたのがいい子だわよ」

「本当ねー。っていうか、変な人じゃなくてよかったよー」

「うん。まあ、変な人じゃなくて、ね……」

普通の一般人ともちょっと違うんだけど……と思った深月だが、さすがにキリヤが魔法使いだということは伏せた。

きっとものすごく心配される。主に、頭が大丈夫かを。

しかし、深月の返事の歯切れが悪いことに、明美は気づいたらしい。

「その反応、まさか変な人なの？　それとも不満があるとか？」

「やっぱりああいうイケメンにもだめなところあるのー？」

「だめなところかー。……あ！」

と、その時、深月は彼についての〝よくないこと〟を思い出した。

誰かに相談したいと思っていた、あの〝彼の悪癖〟だ。今が相談のチャンスである。

「そうそう、あった！　あるの、だめなこと！　不満！」

「なになに。あ、家事を手伝ってくれないとか？」

明美の問いに、深月は首を横に振った。

「ううん。家事は全部やってくれる」

その深月の答えに、明美が目をぱちぱちさせた。

「全部？」

「うん。炊事・洗濯・掃除とか、全部」

「何それ、一家に一台欲しい系の神じゃん……」

信じられないと額を押さえて呻く明美の隣で、先日の話題に繋がったらしい陽菜が、深々と頷いた。

「なるほどー。最近の深月が体調よさそうだったのは、彼の手料理のおかげかー」

「ご、ごめんなさい。節約とか、嘘ついちゃって……」

「いいって、いいってー。それより不満の話だよー」

気にしないしー、と手を振る陽菜の隣で、明美が再び「分かった！」と手を叩いた。

「体臭が無理とかじゃない？　脱いだ服とか、靴下が臭いとかさ」

「う、ううん。そんなの嗅いだことないし」

「じゃあなんだ……あんな爽やかフェイスだけど、女癖悪いとか？」

「それは分かんないけど……。正直どうでもいいかも？」

「うおーい、あんた婚約者でしょうがー！」

質問を重ねていた明美から盛大に突っ込まれて、深月は「いやあ……」と苦笑した。

と、陽菜が「はっ」と何やら閃(ひらめ)いたらしく、目を見開いた。

「ま、まさかだけどー、ＤＶ男とかじゃないよねー？　じゃなくても、金をせびってくるダメ男とかー！」

恐ろしい言葉を口にしているかのように顔を蒼褪めさせる陽菜。

それを聞いた明美が、次の瞬間バンッとテーブルに手をつき、身を乗り出すようにして深月に迫った。

「ダメだからね、深月！　いくら顔やら何やらがよくても、そんなんだったらすぐ別れな！　別れられないっていうなら、あたしが――」

「な、ないない！　そういうのはないって！」

キリヤのイメージが一気に悪い方へ傾き、深月は慌てて否定する。

「暴力もお金の無心もないし、むしろ優しくて、無理矢理甘えさせようとしてくるくらい――」

そこまで言って、深月は余計なことを口走ったことに気づいた。

顔を蒼褪めさせていた明美と陽菜が、今度は遠い目になっている。

「惚気（のろけ）か……」

「惚気だー」

「ち、違うの！　別に惚気るような関係じゃないし！　もっとドライな関係だし！」

深月の必死の否定に、明美が「そこまで否定するのはキリヤさんが可哀想な気もするけど」と同情したように言った。それから陽菜と顔を見合わせて、改めて深月に尋ねる。

「じゃあ不満って何さ？」

「あのね、実は――」

キリヤが風呂上がりにほぼ全裸で室内を闊歩（かっぽ）してしまうこと。頼んでも一筋縄では服を着てくれないこと。むしろ頼むとからかわれてしまうことを、深月は矢継ぎ早に説明した。

――それは嫌だね。イケメンだろうとだめだねー。

そんな共感の言葉を深月は期待していたのだ……が。

「……それが不満か」

明美が渋い顔で言ったので、深月は「え？」と思わず間の抜けた声を上げる。

「不満を持っちゃいけない感じ……？」

「うーん、なんて言うかー、ご褒美ー？」

陽菜の回答に、明美が「それだ」と指をさして同意した。

「あのイケメンの裸体なわけでしょ？」

「細めに見えたけどー、たぶんあれ、脱いだらダビデ像ー」

「分かる。鑑賞させろと思う。なんならお金払うから」

「待って待って！　だめじゃない!?」

「何がだめ？　『イケメンが裸で家の中にいること』なら、全然だめじゃないと思うけど」

「まあ『今のわたしたちの反応』なら、だめだと思わないでもないけどー」

「別に、一日中、真っ裸で生活してるわけでもないんでしょ？」

「家の中で、それもお風呂上がりだけだしねー。今はちょっと時期的にも暑いし、男の人なら普通じゃないかなー」

その悩みにはまったく共感できない、という二人の口ぶりに、深月は「ええ……」と困惑してしまう。

「深月ー、もしかして彼とまだ身体の関係ナシとかー？」

陽菜の言葉に、深月は固まってしまう。

そんなものはない。ある必要もない。

と、明美が「まさか」と肩を竦める。

「だってもう婚約の段階でしょ？　今のご時世それは――……え。本当にないの？　身体の相性、確認してないの？　なに、まだ大和撫子（やまとなでしこ）なの？」

明美の明け透けな問いに、深月は「さ、さあ、どうでしょう……」と明後日の方を向いて答えた。なんとか誤魔化したい。が、形勢はだいぶ厳しい。

そんな深月の気持ちを慮(おもんぱか)ってくれたのか、明美が引いた。

「……ま。それは今度、飲みながらでもじっくり聞かせてもらうわ」

「う、うん。そうして」

追及が止んだことに、深月はホッと胸を撫で下ろす。

ところが、事態は期待したようには収束しなかった。

「ていうか、深月、同棲はどこで？　引っ越しとかしたの？」

「ううん。私が住んでたアパートで、そのまま」

「じゃあさ、深月の家で宅飲みしよう」

明美から提案された宅飲み話に、深月は酒瓶で頭を殴られたような衝撃を受けた。

そんな深月には気づかぬ様子で、陽菜も「そうだねー」と同意している。

「馴れ初め話もじっくり聞けるしー。いいんじゃないかな宅飲みー。やろうやろうー」

「待って待って！　うちで飲むの⁉」

「前にお邪魔したことあるし、いいでしょ？」

「いやまあ、それはいいけど……。キリヤも一緒に？」

「イケメンを拝みながら飲むお酒、きっとおいしいだろうなー」

明美の発言に慌てる深月とは対照的に、まったりと想像する陽菜。

　ふいに、彼女は「そうだー」と、いいことを思いついたというように柔らかく手を合わせた。

「イケメンの友達はイケメンなんじゃないー？　せっかくだし、キリヤさんの友達とかも一緒に飲むのはどうかなー？」

「いいね。イケメンを紹介してもらおう！　深月、そうしよ！」

「い、いや〜。キリヤの友達に、私、会ったことないんだよね……」

　というか、友達がいるのかも不明なので、と心の中で深月は言い直す。

　魔法使いの友人——その存在について、深月は考えたこともなかった。

　キリヤ本人からもそういう話は一切聞いたことがないので、いなくても、特別驚きはしない。というか、そういう人たちがいるのであれば、深月の家の前で行き倒れる前にそちらを頼ったのでは、と思う。

　……つまり、いない可能性が高い。

「結婚相手の交友関係はちゃんと知っておいた方がいいって！　ロクでもないのと付き合ってたら、困るのは深月だよ？」

「う、うん。確かにそうだね」

「キリヤさんについても、深月がまだ知らないことを教えてもらえるかもしれないしー。貴重な情報源だよー」

「う、ん。それも確かに、そう、だね」

「だからさ」

「ねー？」

二人の催促に、深月は「んん……」と唸り声のような煮え切らない返答をする。

そうこうしていると、

「ま。とりあえず、キリヤさんへの挨拶がてら、近いうちにお邪魔するからさ」

そう言って明美が席を立った。

陽菜もそれに続いて起立する。

「えっ、二人とも、もう帰っちゃうの？」

「キリヤさん、先に帰しちゃったしさ。深月のこと待っててんじゃない？」

「そうそうー。早く深月を帰してあげなきゃー。きっと寂しがってるよー」

「いやいや。そんなことは」

「深月、こういう些細なことで溝を作っちゃだめ。絶対」

「だよー。明美なんて、まさにそういうことで離婚になっちゃったクチだしねー」

陽菜の言葉に、明美が「それな」と強く頷いた。

明美が離婚した原因は、彼女の奔放さだ。結婚後も独身時代と同じように友人らとの時間を持とうとした明美の価値観に、元夫がついてこられなかったのである。しかも、その不満が判明したのは、離婚話が出てからだったとか。

「そういうこと。婚約したてなら特に、二人の時間も大事にした方がいい」

明美はしみじみと過去を懐かしむように言った。

「あ、そうだ。明日は深月、キリヤさんとどっか出かけたりするの？」

と、思い出したかのように明美が言った。

二人と一緒に店を出るべく席を立った深月は、まだコーヒーの残った紙コップを手に「ううん」と首を横に振る。

「私も彼も、明日はずっと家にいる予定だけど」

「ほほう、それはいいね……。だ、そうだよ。陽菜」

「そのようだねー明美ー。いいねー」

二人の謎の反応に、深月は「え？　なになに？」と尋ねる。

しかし、明美も陽菜も「なんでもないない」、「ねー。なんでもないよー」と詳細を語らない。そうして店を出ると、

「じゃ、あたしはスーパーに戻るよ」

「あーわたしも戻るー。そういえば買い物するの忘れてたー」

二人揃って「またねー」と手を振り、先ほどのスーパーへと戻っていってしまった。

「最後の、なんだったんだろ？」

その場に残された深月は、一人、首を傾げる。

二人が言っていた「いいね」とは何についてだろう。『二人の時間も大事にした方が〜』という話の流れから繋がっているなら、『婚約者と家で過ごす休日、いいね』ということだろうか。

「……ていうか、二人の時間って言われても」

言われた言葉について、深月は改めて考えた。

婚約したてとはいえ、キリヤとは別に、甘い蜜月の時間を送るような間柄ではない。もっとウルトラスーパードライな関係だ。少しくらい爛(ただ)れた関係になった方がいいんじゃないかというくらいの、お互いに都合のいい、遠からず近すぎずの距離感。

（とはいえ、放っておくのは確かにだめかも……）

友人らに偶然遭遇したからとはいえ、深月は食材の買い出しを途中で放り出し、彼を一人で帰らせてしまった。荷物まで、全部任せきりで。

そういうのは、夫婦だろうが婚約者だろうが恋人だろうが友人だろうが家族だろうが、なんであろうが関係なしに、あまり褒められた行為ではないだろう。そう深月は思う。

つまり今、深月は自分に非を感じていた。

「……早く帰ろ」

店の入り口で考えていた深月は、その場を離れて歩き始める。

そうして時間を少しでも埋めるべく、キリヤの待つ家へと足早に向かうのだった。

◆◆◆

「ただいま、キリヤ。先に一人で帰らせちゃってごめんね」

カフェから帰宅した深月は、開口一番、謝罪した。

友人らに指摘されたことを反省したので、その気持ちを素直に表したのだ。

既に食材を所定の場所へとしまい終わったらしいキリヤは、リビングでクッションを抱えたまま目をぱちくりさせた。ちょっとあざと可愛い。

「いいえ、お気になさらず。というか、一人というわけでもなかったので……」

「誰かといたの？」

「実は、道すがら、旧くからの友人らに会いまして」

「えっ、友達？」

いたんだ、と言いかけて、深月は慌てて口を噤んだ。

〝ぼっち〟だと思っていたというのは、ちょっとバツが悪い。

「へ、へえ……。この辺に住んでるの？　どんな人たち？」

「まあ、住んでるといえば住んでますね。どんな人……そうですね、二人とも男ですが……」

キリヤの説明の雑さ加減に、深月は首を傾げる。

というか、なんだか彼の様子が変だ。

まるで深月に言いづらい話でもしようとしているかのような……。

「キリヤ、どうかした？」

「えっ。ど、どうして？」

「なんか、変」

「魔法使いなので、世間的にはいつでも変ではありますが」

「や、そういうことじゃなくて、何か話したいことでもあるのかなって」

深月の問いに、キリヤは「あー……」と歯切れの悪い返事をした。そのまま口をぱくぱくさせただけで、黙り込んでしまう。

「ほおー。そっか。隠し事かぁ」

「えっ……やっ……そういうのじゃ……………………。隠さないですし……」

しばらく悩み顔を見せて逡巡していたキリヤだったが、深月の視線に折れたらしい。

「……実は、さっき会った僕の友人二人がですね、遊びに来たいって言ってまして」

「遊びにって、この家に？」

「そうです。僕と婚約してくれた深月さんに、友人として挨拶したい、と言われました」

先ほど明美が「キリヤさんへの挨拶がてら、近いうちにお邪魔するから」と言っていたが、どうやらキリヤの友人らも同じように考えているらしい。

「で、明日なんですが――」

「え。無理」

「ええ……。即答ですか……」

「だって、男の人なんでしょ？　しかも二人も……。うるさそう。めんどくさそう」

夫が連れてくる男性友人（複数人）は、酒を飲んで酔っ払って騒ぐもの。そういう印象が深月にはあった。ドラマなどの創作に限らず、現実でも母や同性の既婚友人らが愚痴っているのを散々聞かされていたからだ。

「うるさいのも、めんどくさいのも、否定できないんですけど……」

「じゃあ、やっぱりやだ。絶対やだ。出勤日前の休日に疲れたくないもん」

「ですよね……。でも、深月さんは、タロウとジョーの二人に――僕の友人たちに会えば、絶対に好きになると思うんです。保証します」

「……その自信は、どこからくるの」

「深月さんの好みの把握には、日々努めているので」

「それ、まだきちんと把握できてないってことでは……」

「見知らぬ者に家に上がられるのが嫌なのは、僕も重々承知してます。むしろ承知しておきながら、つい先日上げてもらった身なので、それについては何も言えないというか……」

「言われたら同棲について考え直すところです」

深月の言葉に、キリヤは「言いません」とキッパリ答えた。

キリヤを家に入れたことについては、不可抗力だった――と、深月は思う。

酔っ払って判断力が低下していなければ、あの夜、彼を家に入れたりはしなかった。

たとえ昼でも、きっと同じだったことだろう。身の安全と精神の安定、大事。

つまり、素面の今、許可することはできない。

「深月さんが嫌がるし、断られると思ったので、だから言いにくかったんです……」

「断らずにいたら家に来てましたーとか、ないよね？」

「うう……。彼らに関しては、あながちないとも言い切れません……。というか、断っても押しかけて来る可能性が」

「えっ、やだ。入れないいし、入れないで」

なんて迷惑な人たちだ、と深月は拒否の姿勢を強める。家捜しでもする気か。

と、全力で嫌がる深月に、キリヤが慌てて否定した。

「もちろん、許可なく入れたりしませんよ！　……あの、そこで、代案があるんですが」

「代案？」

「二人に、外で会ってもらえませんか？」

上目遣いで窺うようにキリヤが言った。

「外？」

「はい。近くの公園とかでいいんですけど。会って、彼らと少し、話してやってもらえませんか。それであっちも満足して、家に来るのは防げると思うんです」

どうかこの通りです、というように、キリヤが手を合わせて頭を下げた。断れば、家まで押しかけて来るというのだ。断るという選択肢はあってないようなものではないか。

「……分かった。会います」

「いいんですか？」

「だって、家まで来られても困るし。外で会ったら、家に呼ばなくていいんでしょう？」

「それは、はい」

小さく「……たぶん」と深月には付け足されたように聞こえた。

が、キリヤは既に、誤魔化すように微笑んでいる。

その、他意さえ感じなければ目の保養になる美しい笑顔に、深月は思わず「はあ……」とため息をついた。

「会うのは、やっぱり明日？」

「お願いできますか？　ちょっと堪え性のない奴らなので、数日も待ってられないと思うんです」

「話を聞いてると、会って大丈夫な人たちなのか、どんどん不安になってくるんだけど……」

渋い顔になる深月に、キリヤが「大丈夫ですよ！」と力強く言った。

その力強さが逆に大丈夫じゃなさそうで、深月はどうにも不安を拭えない。

「じゃあ僕、『明日、公園で』って、二人に伝えてきます」

言って、キリヤは外に出て行った。

電話ならここですればいいのに、と深月は思いつつ、そういえばキリヤって携帯電話を持ってたっけ、と首を傾げる。

というか、まだ、彼の連絡先すら聞いていなかったような……。

「……ちょっと安心しすぎじゃありませんかね、私」

キリヤに対して、心を許しすぎているのではないだろうか。まだ、出会ってから一ヶ月も経っていない、素性の知れない相手だというのに。

そんな自分の危機感のなさに、深月が先ほどより渋い顔になっていると、やがて外からキリヤが戻ってきた。

「ねえ、キリヤ。連絡先、教えて」

「え？　それって、ケータイとかスマホとかＳＮＳのＩＤとかですか？」

「うん。そう」

「僕、持ってないですよ。そういうの」

「あれ？　今、電話とかで友達に明日のことを伝えてきたんじゃないの？」

「あー、いや、伝えたは伝えたんですけど……。ま、まあ、とにかく、僕、持ってないんです。連絡先を教えろって訊かれるのが嫌で」

「……ごめんなさい」

「あっ、深月さんは別！　婚約者ですし！　なんなら今すぐにでも教えたいくらいです！　他の、よく知らない女の人たちですよ！」

言われて、深月は「あー……」と納得した。

このイケメンだ。言い寄る女性は後を絶たないだろう。連絡先なども、鬼のように訊かれてきたに違いない。過去の話ではなく、今だって続いているかもしれない。

ストーカーとか大丈夫だよね……と深月は一瞬、心配になった。

しかし、そういう人がいれば、キリヤが行き倒れていた夜、深月が発見する前に介抱していたことだろう。だから今のところ、そういう存在がいる可能性は低そうだ、と深月は少し安心した。

「顔がいいのって、いいことも多そうだけど、苦労も多そうね」

「婚約してくれた時もでしたが、深月さんは、僕の顔がいいって思ってくれてるんですね。いやあ、嬉しいなあ」

「なるほど。苦労なんて、なかったと――」

「ありましたよ」

深月は一瞬、なんと言っていいか分からなくなった。

答えたキリヤが、寂しそうな表情をしていたからだ。

深月がプリンを買ってきた時に見せたのと同じ表情だった。置いてけぼりをくらった、一人ぼっちの子供のような……。

「あの、キリヤ――」

「なんてね」

深月が謝ろうと口を開いた瞬間、キリヤがとぼけたように肩を竦めてみせた。

「いいこと、いっぱいです。たとえば、深月さんが僕の顔だけでも好ましく思ってくれて、婚約者になってくれました」

「……顔に釣られたみたいな言い方は、ちょっと」

「他の部分も、好きですか?」

にっこり、と微笑むキリヤに、深月はふと黙り込んでしまった。

その様子に、キリヤも「あれ?」みたいな顔で、目をぱちくりさせている。

「とりあえず明日、分かった。うん」

言って、深月は自分の部屋へ向かった。

なんだか気まずくて、その場を離れたくなったのだ。

自分で言っておいてだが、なんとも噛み合わない返答だったな、と深月は思う。けれど、そんな風におかしな返答になったのには、理由があった。

彼の問いに、思わず考えてしまったのだ。

……彼の他の部分も好きなのか、と。

「どう、なんだろ……」

部屋に一人引きこもり呟いてみても、よく分からない。自分のことなのに。

炊事・洗濯・掃除などなどの家事全般が完璧なところとか、いくらでも答えられただろうに。逆に「いや顔だけです」とはぐらかすこともできたはずだ。それなのに、どうして一瞬でその辺りを答えられなかったのだろう。テキトーに答えればよかったものを。

自分の謎の躊躇いに、深月は軽く混乱していた。

「どう、って言えば……キリヤ、どうやって友達に明日のことを伝えたんだろ？」

先の疑問を、深月はすっかり訊きそびれてしまった。

電話をかけたりせず、あの短時間で友達に連絡できるって……。

「まあ、キリヤのことだから魔法とかでできたのかな」

そんな推測を立て、深月は考えるのをやめてしまった。

翌日「詳しく追及しておけばよかった」と思うことになるとも知れずに……。

◆◆◆

深月の家からほど遠くない距離、徒歩十分くらいの場所に、公園がある。

遊具はブランコだけで、ベンチが二つ。草木が茂っていること以外で特に触れるべき特徴はない、住宅街によくある公園だ。

現在、深月はその公園にいた。

二つあるベンチのうち、木陰にある方にキリヤと並んで座っている。

出がけに使った虫除けスプレーの効果が高いのか、はたまたキリヤが今しがた使った魔法のおかげなのかは不明だが、この時期には煩わしい蚊のたぐいは今のところ寄って来ず、涼しげな風が穏やかに吹いていて快適だ。

しかも、貸切かのごとく、二人きりだった。

この公園、近所の子供たちが遊んでいたりもするのだが、日曜の午後四時を過ぎた現在、人気（ひとけ）がまるでない。秋口という季節柄まだ日が長く人がいてもおかしくはない時間帯なのに、と深月は不思議に思って周囲を見渡す。

と、よく見ると、公園の外周がキラキラと輝いている。

「キリヤ、もしかしてさっき使ってた魔法、公園全体にかけた？」

「さすが深月さん、ご明察の通りです。無関係な人が入ってこないようにしました」

「蚊除けかと思ったら、人も除けてたのね」

「いえ。除けたわけではなく、ここは公園によく似た異空間なんです。僕の部屋と同じような。だから、僕が許可した者以外は入ることができないんですよ」

「あ、あの便利空間か。なるほど。でも、なんでそんなものを？」

「人の目がない方が、彼らにとって都合がいいので」

「……そんな人目についちゃいけない方々なの？」

「いえ、そういうわけではないのですが——と、来ましたよ。ほら」

キリヤに言われて、深月は公園に入ってきた者たちに目を向けた。

そこに現れた友人二人は、全身黒ずくめでお世辞にも柄がいいとは言えない。堂々とした横柄にも見える足取りで、彼らは深月の前までやって来た。

「おう。待たせたな、キリヤ。で、そちらが婚約者さんか。はじめまして、俺はタロウだ。で、こっちが」

「ジョーでぇーす、ヨロシクどーぞぉ！　かぁ～っ、会えて嬉しいぜぇ～っ！」

「────っ⁉」

挨拶されたものの、深月は驚きすぎて声が出せなかった。

その様子を心配したらしく、キリヤがおずおずと声をかけてくる。

「あ、あの、深月さん。彼らが、僕の友人の──」

「黒猫のタロウさんと……、カラスのジョーさん……？」

キリヤの言葉で我に返った深月は、裏返りそうになる声を堪えてなんとかそう口にした。

冷静さを保とうと深呼吸する。それから、改めて目の前の者たちを見た。

……やっぱり、黒猫とカラスだ。

どう見ても、人間ではない。もしかして自分の見間違いだろうかと思ったが、そもそも見間違うサイズでもないし、形状からして違う。

目つきが悪くてなんだかインテリヤクザみたいな落ち着きのある黒猫が、タロウ。対して、テンション高めでヤンキーのようにカァカァうるさいカラスが、ジョー。

カラスの中でも体も声も大きいハシブトガラスなので、よりうるさい。

「あの、こちらこそはじめまして、高山深月です──っていうか、ごめんなさい、やっぱ待って。なんで喋ってるの？　なんで日本語……？」

疑問を抑えようと思った深月だが、やはり我慢しきれずに突っ込んでしまう。

するとキリヤは得意げな顔で答えた。

「あ、それも僕が魔法で翻訳を」

「……本当、なんでもできるよね」

呆れ交じりに感心して、深月は改めてキリヤの友人たちを見た。

二組のつぶらな黒い瞳が、深月を見返してくる。

目つきは悪いが、どちらも可愛い。人語を喋ったりしなければ、撫でさせてもらおうと軽率に手を伸ばしていたことだろう。

「あの……変な反応して、ごめんなさい。ちょっと、びっくりしちゃって……」

頭を下げて謝罪する深月に、黒猫が「普通は驚くだろうさ、気にしないでくれ」とダンディな声で答えた。

「しかし、キリヤ。礼儀正しい人間じゃないか。俺は気に入ったぞ」

「つか、すげー！　この人、オレらが喋ってても騒がねーぞ、タロウ～！」

「騒いでるのはお前だけだぞ、ジョー。一緒にいる俺の品格まで疑われそうだから、少し落ち着け」

足元で繰り広げられるその黒猫とカラスの賑やかなやり取りを、深月は不思議な気持ちで見ていた。にゃーにゃー、カァカァ、とは特に聞こえない。まるで優秀な翻訳機を通したかのように、自然な人間同士のやり取りに聞こえる。魔法、すごい。

（しかし、二人の口調がインテリヤクザとヤンキーじゃなければなぁ……）

彼らの声に、深月は苦笑いする。

声だけ聞いていると深月の苦手なタイプ×2なので、それだけが実に残念だった。そこさえ目を瞑（つむ）れば、非常に微笑ましい会話である。

というのも、実のところ深月は動物が好きだ。

中でも、猫は特に好きだった。個人的に飼いたい動物ランキング、第一位だったりする。

子供の頃から飼ってみたいと思っていたものの、実家では母が猫アレルギーだったし、一人暮らしを始めてからも世話が不安で、となかなか叶えられずにいた。

その代わりというように猫モチーフの物を揃えがちで、家で愛用しているマグカップをはじめとした日用品も、黒猫が描かれているものばかりだ。

そんなわけで、深月は自然と黒猫のタロウを目で追ってしまう。

すると、そのつぶらな猫目と、ぱちっ、と目が合った。

「大人しい人間なのか？　気軽に喋ってくれ。敬語もいらん」

「……お気遣い、ありがとう。でも私、別に大人しいってわけじゃなくて、ちょっと、動物たちの会話を聞くっていうのが初めての体験で……」

「そうか、初めての体験か。まあ、安心しろ。俺たちが最初で最後だ。人間を併せても、キリヤの友人は俺たちだけだからな」

タロウの発言に、キリヤが「その言い方、僕がぼっちみたい……」と不満をこぼす。

それをタロウは、聞こえんな、とでもいうように無視した。よって、事実なのか無根なのかは不明だ。

「というか、その様子だと、会いにくる奴らが人間じゃない、っていうのも知らなかったのか」

「うん。ちょっと想定外で。それもあって驚いた、かな」

「……キリヤ。お前、俺たちのことを説明していなかったのか」

「えーマジ⁉　まさかお前、オレたちのこと紹介したくなかったのかよ！　会わせてくれたのもしぶしぶかよ！　かぁ～、ショックー！」

「違うよ、忘れてただけだって！　だけど、しぶしぶだということについては、残念ながら否定できない。特にジョーはうるさいから」

「キリヤ冷てぇー！　あっ、深月サンと熱々だからか！　なら、しゃーねぇー！」

「おい、ジョー。ご機嫌なのは分かるが、少し黙れ」

タロウに猫パンチを食らわされたが、ジョーは「痛――くねぇ！」と黙る様子はない。しかし、そこからは少し声のトーンを落としてくれた。どうやら、カラスが賢いというのは本当らしい。

「驚かせてすみません、深月さん。説明不足でした」

「ああ、まあ、確かに言っておいて欲しかったけど……でも、うん。大丈夫。慣れた」

深月の反応に、ジョーが「深月サン、順応性高ぇー！」とまたしても騒いだ。が、タロウが猫パンチの構えをしたので、即座に黙った。ウザいが、やっぱり賢いらしい。

ジョーとは対照的に、タロウは落ち着いた様子で話す。

「慣れたところで改めて。このたびは、キリヤとの契約を検討してくれてありがとう」

ぺこっ、とタロウが頭を下げた。

それを見て、隣のジョーも「さんきゅーな」と同じように頭を下げる。

「こんな人間失格を拾ってくれて、感謝の言葉しかない」

「いやいや、そんな、拾うだなんて――って、人間失格……？」

「こいつとは、二年くらいの……人間で言ったら十年近い付き合いだが、その間のクズぶりを知っていてな」

「クズ……。あの、この人やっぱり何か犯罪を犯したり、危ない人だったりするの？家に置いたらマズい系？」

真剣に尋ねる深月に、キリヤが「えっ、ちょっ、深月さん⁉」と狼狽える。

その質問に、タロウは「いいや」と首を横に振った。

「その心配はない。こいつの人畜無害ぶりは、俺の尻尾に誓って保証するから安心してくれ。こいつのクズなところは、基本的にヒモっぽいところだ。中身は結構ドライなくせに、すぐ人に甘えやがる」

「ああ、なるほど、ヒモですか。じゃあ、今と変わらないのね。よかった」

「よかった、か。心が広いな。今の人間社会は、共働きが主流のようだが、どうせこいつは家に引きこもってるんだろう？」

「まあ、そうなんですけど……。でも、家事とかはキリヤが」

深月が名前を出すと、キリヤが今だとばかりに「僕が全部担当してるから！　ちゃんと役に立ってるはずだから！」と補足を入れる。主に、己の手柄だという部分を強調するようにして。ちょっとドヤ顔で。

それをタロウは白い目で見ていたが、やがて深月に視線を戻し、

「俺は、こいつがあんたに迷惑をかけてないか、心配なんだ」

そう、親か兄かが言うように口にした。

猫なのに、ちょっと、表情もそれっぽく見えてくる。なんとなく『おじ』が一番近いかも、と深月は思った。声も、バリトンボイスで低いからかもしれない。インテリヤクザでイケおじの猫。悪くないかもしれない。

「一応、今のところは心配いらないかな」

「今のところは、か……。何か小さくてもいいから、不満もないか？」

「不満…………………あ」

深月は、思わず声を上げた。

そういえば全裸徘徊の件があるな、と思い出したからだ。

「えぇ……。深月さん、僕に不満があるんですか……？」

「ほら。直してって言っても直してくれない悪い癖が、一つ」

キリヤは、ナンデスカソレ？　みたいな顔で首をひねっている。

どうやら悪いとは思ってもいなかったらしい。そういうわけでは、直るはずもない。

と、タロウが「……やっぱりな」と深く頷いた。キリヤの反応は、彼には想定内だったようだ。そして、

「よし、決めたぞ。深月。俺をお前の家に住まわせろ」

彼の口から飛び出した話は、深月が想定していないものだった。

「え？　うちに住む？　……飼えってこと？」

「そう思ってもらって構わない」

スイッと猫背を伸ばして答えたタロウに、キリヤが怪訝な顔になる。

「ちょっと待て。どさくさ紛れに何を言ってるんだよ、タロウ」

「どさくさでもなんでもない。俺は、この善良な女性に、お前を拾ったことで不幸になって欲しくない」

「だ、大丈夫だよ。魔法使いは人を幸せにするんだから」

そこで、それまでしばらく大人しかったジョーが、「本当かぁー？」と嘴を挟んだ。

キリヤは言い返そうとした――が、何か思うところがあったらしい。開きかけた口をそのまま閉ざしてしまった。

「確かに魔法は人を幸せにする。が、それだけで上手く行くとは限らん。誤魔化していいことなどないからハッキリ言うが、キリヤは人間的には結構なダメ野郎だ」

ものすごくハッキリ言ったな、と深月はキリヤのことが少し気の毒になった。

ちら、と彼を見れば、もはや立つ瀬がないというような撃沈状態になっている。ちよっと可哀想かも、と深月は彼に同情した。

「つまりだな。俺がキリヤの面倒を見て、深月の負担を減らしたい。猫の手だが、貸そう」

「あー……申し出自体は、すごくありがたいんだけど」

渋い返答の深月に、タロウが「なぜ？」と小首を傾げた。

ものすごく可愛い。正直このままの形で連れ帰りたい、と深月は思う。

思う――が、それはだめだ。

彼を家に連れてゆき住まわせることは、できない。

「実はうち、ペット禁止の物件なのね……」

深月の答えに、タロウは目をぱちぱちさせた。

「ほう？　そうなのか？」

「うん。だから、あなたを住まわせることは、できません」

ごめんなさい、と深月は頭を下げた。

心からの謝罪だった。

……なぜなら、嘘をついているからだ。

深月の家は、ペット禁止物件ではないのである。

だから、タロウを住まわせることは、別に不可能ではないのだ。だがしかし、深月は彼の申し出を快諾することができなかった。

タロウの監視対象がキリヤだけで済むわけがない、という懸念があったからだ。

(私の生活も監視されるよね、きっと)

深月はタロウに気まずさがバレないよう、顔を上げない。

現在の同棲生活で、キリヤへの不満は一点だけ。それ以外については満足しているのだ。

そして、タロウはキリヤがダメ人間だと言っているが、深月だって私生活についてはダメ人間の自覚がある。放っておいたら、食事は外食やコンビニ弁当だけになるし、部屋は簡単に汚部屋と化す。

それがバレた時、タロウが味方でいてくれるとは限らない。

つまり深月はこのタロウの提案に、お姑(しゅうとめ)さんとの同居的なプレッシャーを感じているのだった。

「というわけで、猫の手はまたの機会にでも貸してください」

「ふむ……。そういうことなら、ここは引こう」

タロウは、あっさりと納得した。

ジョーが傍らで何か言いたそうにしているが、それを猫の肉球が柔らかく制する。

「俺たちはこの辺りを縄張りにしている。だから、またすぐに会うこともあるだろう。困ったことがあれば、俺たちを呼んでくれ」

「オレは特にレスポンスいいぜ！　名前を叫んでくれりゃあ一瞬さ。なんてったって空からいつも――」

「ジョー、行くぞ。顔合わせは済んだ」

ジョーの言葉を遮るように、タロウが一つ尻尾を振る。

「じゃあ、これからよろしくな。深月」

「あ、うん……。よろしく……」

深月の返答を聞いたタロウは、くるりと背を向けた。そうして、ゆったりとしたキャットウォークで公園から出ていってしまう。

ジョーも、そのあとを追うように、助走をつけてバサッと飛び立った。空から「またなー！」と騒がしい声を落としたのち、あっという間にどこかへ飛び去ってしまう。

「深月さん、お疲れ様でした……。というか、いろいろとすみません」

隣で、キリヤが申し訳なさそうに頭を下げた。

「え？　謝られるようなこと、なかったよ？」

「いきなり友人に会ってくれって言って、説明なしに人外に会わせたこととか。あと、あいつらガラ悪いですし……」

「あー、まあ、びっくりしたけど……。でも、二人とも可愛かったし。気にしないで」

深月のその言葉に、キリヤはホッとしたらしい。胸を撫で下ろすように、ベンチに身体を沈み込ませる。

「ありがとうございます。タロウの言葉じゃないですけど、深月さんは本当に心が広い」

「いやぁ、大袈裟だって」

「大袈裟じゃないですよ。何よりタロウの申し出ですけど、あれは僕も寝耳に水な話でした。それに、その……」

そこでキリヤは言い淀んだ。

言っていいものかと迷っているようだ。

「ペット禁止の話？」

「……はい、そうです。深月さん、猫好きなのに」

どうして断ったんですか？　と目で尋ねられた。

どうやらキリヤも、深月のついた嘘に気づいていたらしい。

彼が皆まで言わないのは、タロウたちがまた戻ってくるかも、と警戒してのようだ。きょろきょろ、と彼らを探すように、キリヤの視線が動いている。

「あの、まさかとは思うんですが……僕と二人きりの生活を選んでくれた、とか？」

「え～……うーん。まあ、そういうことになる……のかな？」

「煮え切らないお返事ですが、僕の中ではそういうことにしておきます。その方が嬉しいですし」

さらっとそう言えてしまうキリヤに、深月はなんだか複雑な気分になった。

彼の言葉に、言葉ほどの感情が込もっているのか分からないからだ。

上辺だけの言葉のようには聞こえないのだが、そこまで言われる理由も思い当たらない。中身は結構ドライなくせに、とタロウも言っていたし、きっとリップサービスが息をするようにできるタイプなのだろうと深月は思った。

なのに、そんな言葉にも自分はこうして簡単に照れてしまう。それがなんだか悔しい。

きっと彼の全裸癖についても、同じ。彼はなんとも思っていないのに、こちらだけがドキドキさせられてしまっているのだ。

「……不公平だ」

言って、深月はベンチからすっくと立ち上がった。

「えっ？　深月さん、それはどういう――」

「なんでもない。タロウもジョーももう行っちゃったし、帰ろ」

数歩歩いて振り返ると、キョトンとしていたキリヤも立ち上がる。

それを確認し、深月が公園を出ようとした時だった。

「わぷっ⁉」

何か透明な膜のようなものを突き抜けた感覚がして、深月は仰け反ってしまう。

その瞬間、バランスを崩し、後ろに倒れそうになって、

「おっと。危ない」

キリヤの腕にすっぽりはまるようにして、深月は背中を受け止められた。

「ご、ごめんなさい。何かに当たって」

「僕の用意した空間と、本来の空間との繋ぎ目ですね。すみません、先に説明しておくべきでした。……というわけで」

言いながらキリヤが手を取った。

あまりにも自然だったので、深月も慌てるまでにタイムラグが発生した。

「え、え？　なんで、手を？」

「僕が今みたいにうっかり説明を忘れても、こうしていれば深月さんが転ぶことはありませんから」

「こ、子供じゃないんだから、大丈夫だし……――って、あの、キリヤ？」

「はい。なんでしょう？」

「手、放してもらえる……？」

深月は、キリヤにしっかりと握られた手を見て言った。

「深月さんは、手とか繋ぐのお嫌いなんですか？」

「嫌いってわけじゃ……」

「嫌いじゃないなら、繋いだまま帰りませんか」

「な、なんで？」

「その方が恋人っぽくないですか？」

「いやいや。私たち、恋人じゃないし」

「婚約者ですよ？　いずれにしても、手を繋ぐとそれっぽいですし」

「……〝ぽさ〟だけなら、別に気にする人もいないし、いらないんじゃない？」

深月は手を振り解いて、キリヤから距離を取るように歩き出した。

やっぱり、なんだか悔しい。

こっちは彼の言動にいちいち反応してしまうというのに、あんなに簡単に触れてくるなんて。

別に何も感じないからこそ言えるし、できるのかもしれないが、それでももう少し――自分の半分でもいいから照れたりドキドキしたりして欲しい、と思ってしまう。

（ううん、違う。ただの契約関係なんだから、別に、そういうのは無くて当然だし）

深月は自分に、落ち着け、と言い聞かせた。

彼が深月への好意があって契約結婚を申し込んだわけではないように、深月も彼に好意があって婚約者になったわけではない。だから、ドキドキし合うような関係でなくて当然なのだ、と。

「深月さん、待ってください」

と、背後からキリヤが駆け寄ってきた。

そこで深月は、自分が思いのほか早足で歩いていたことに気づいた。しまった、と歩調を緩めるも、焦りがバレていやしなかったかと、少々気まずい。

「そんなに急がなくても、別に家は逃げませんよ？」

深月の内心に気づいているのかいないのか、隣に追いついたキリヤがそう言った。

「……早く帰りたいの」

「え、そんなに？　まあ、深月さんの家、居心地いいですからね」

分かります、と同意してキリヤは深月に足並みを揃える。

手を繋ぐ云々（うんぬん）については、深月が拒否したからか、彼もそれ以上は触れなかった。

◆◆◆

公園から深月たちの住むアパートまでは、十分ほど。

早足だったために、公園に向かった時より少し早く帰り着いた。

「ええと、どこにやったっけ……」

鍵を鞄の中から取り出そうとしている時だった。

キリヤが背後から覆いかぶさるようにしてきて、深月は硬直した。

「んな――」

何を、と抗議しようとした瞬間、カチッ、と鍵の開く音が。

見れば、キリヤが深月の背後から合鍵で扉のロックを外したところだった。

「……あの、キリヤ。近いんだけど」

背後から扉に押し付けられたような状態で、深月は端的に状況を説明した。

「すみません。後ろからじゃ、ちょっと無理がありましたね」

頭上から聞こえてくるキリヤの声は、謝罪ではあれど、謝意が込もっている感じがない。悪いとは思っていないようだ。

さっきの手を繋ぐ件といい、なんだか今日の彼は距離が近い。

一体なんなのだろう。そう疑問に思いつつ、深月は平静を装うことにした。

するり、と彼と扉の間から抜け出すと、そのまま扉を開けて、何事もなかったかのように家の中へと入る。靴を脱ぎ、リビングまですたすたと一直線に向かう。

同棲しているので当たり前だが、キリヤも後ろから入ってきた。

（う……。なんだか気まずい……）

二人きりになることに、深月は居心地の悪さを覚えた。公園を出る時から、彼の言動のせいとはいえ、過剰に反応してしまっている自覚があるからだ。

振り返りたくないなあ、と思いながら、しかしずっと背中を向けているのも変なので、深月は意を決して振り返り、

「……え？」

そこで、間の抜けた声を出した。

深月の反応にキリヤも「え？」と同じように疑問の声を上げた。が、深月の視線を追って、すぐに何事かを察したらしい。

キリヤの足元に、先ほど公園で別れたはずの黒猫――タロウがいた。

「ちょっ……。なんでここにいるんだよ、タロウ⁉」

慌てて叫んだキリヤに、だが、タロウはまったく動じない。

「なんでって、お前たちと一緒に入ってきたんだが」

「そうではなくて！　ここはペット禁止だと、さっき深月さんが説明して――」

「あれは嘘だろう。俺は知っていたからな」

耳の裏を後ろ足でカッカッと掻き、前脚で顔を洗うように撫でつけながら、タロウはそう、しれっと言った。

その発言に、深月もキリヤも、揃ってポカンとする。

「なんで知ってるの……？」

「言っただろう。この辺りは俺とジョーの縄張りだと。この辺りに生息している動物――ことさら人間に飼育されてる動物に関しては、完璧に住処（すみか）を把握している」

「完璧に……？」

「ああ。たとえば、ここの両隣は、それぞれ犬と猫を飼っているな。上は鳥とウサギだ。ついでに、大家が猫好きだから、猫飼いは大歓迎だってのも知ってるぞ」

深月は「へえ……」と素直に感心してため息を漏らした。

大家さんについてなど、深月ですら知らなかったことだ。

「なんでも知ってるんだね、タロウ。……ごめんなさい。嘘ついて」

「別に怒ってはいないが、なんで嘘をついたのかは知りたいところだな」

「それは……その……。私もキリヤに負けず劣らずのダメ人間だから、その生活を見られたくなかったというか……」

「キリヤに見られるのはいいのか？」

「彼は、なんか、私よりダメそうだったし」

「そうか。それなら、よく分かる」

理解し合えた深月とタロウ。

その輪に入れずにいるキリヤだけが「待ってください。二人とも、待って」と異議を唱えている。

「つまり、自分も俺にダメ出しされたら嫌だ、と思ったんだな」

「はい、そうです。……仰る通りで」

「なるほどな。しかし深月、お前は一つ勘違いをしているぞ」

「勘違い？」

「俺は、もう、既にお前の生活のダメっぷりを把握している」

「え…………」

「なんならそこの婚約者より知ってるぞ。そうだな、お前がコンビニ弁当ばっかり食べてたこととか、部屋がゴミ屋敷一歩手前と化していたこととか。キリヤを拾うまでは男の気配すらなかったこととか、それでも本人的には独身上等だったのに、親からの結婚催促の電話がひと月に一回の頻度でかかってくることとか」

「…………なんで知ってるの？」

「だから、この辺りは俺の縄張りだと言っただろう」

やれやれ、というようにタロウが顔を洗う。丸めた手の肉球も毛色と同じで黒い。

「他の猫だけじゃなく、そこらで飼われてるペットや、ジョーみたいな野鳥。ネズミやコウモリとかが、見たことや聞いたことを教えてくれてるんだよ。ジョーの得意技なんて、ゴミ捨て場漁りなんだぞ」

「やだ。なにそれ。本気で引くんだけど……。っていうか、プライバシーとかなくない？」

「むしろあると思っていたのか」

呆れた、というようにタロウが首を振った。

どうやら人間たちは動物に監視されているらしい。

つまり、この辺一帯に住む動物たちの情報網によって、深月の残念な生活ぶりも、既に漏れなくタロウの耳に入っているということだ。

最初から、隠すだけ無駄なようだった。

「お前の生活は把握している。その上で、お前の生活にどうこう言うつもりはない。だから安心して欲しい」

「そ、そうなんだ……。じゃあ、不安要素、消えちゃうね」

「だろう？　お前にデメリットはないはずだ。それどころか、俺を住まわせればメリットしかないぞ」

メリットだのデメリットだの、キリヤからも聞いた台詞だな、と深月は思った。やっぱり友達同士、話す言葉も似ているのかもしれない。

「そのメリットって？」

「たくさんある――が、百聞は一見に如かず、だ。とりあえず俺を飼ってみろ。役立つことしかないってことを教えてやる」

強気に提案されて、深月は困惑した。

正直、猫を飼いたいと思ったことは何度もある。しかし、生まれてこの方、深月は動物を飼ったことがない。だから、ちゃんと飼える自信がない。

「あの……私、猫の世話の仕方とか知らないよ……？」

「深月の世話にはならんさ。必要なら、キリヤにさせるしな」

キリヤが不満げに「僕にメリットがないんだけど」と言ったが、タロウは聞こえないというように無視した。

そのつぶらな瞳が、じっと深月を見ている。

さあ俺を飼え、損はさせんぞ、と訴えている。

「……分かった。ただし、条件があります」

悩んだ末に、深月はそう告げた。

んにゃ？　とタロウが首を傾げる。

「条件だと？　なんだ、ベランダに住めとか、そういうやつか？　仕方がないな、呑もう」

「違う違う。家の中でいいんだけど。タロウ、野良猫だったでしょ？」

「ああ。生まれてからこの方、ずっと野良だが」

「だよね。それじゃ、まずお風呂に入ってもらうから」

げ、とタロウが吐くような顔になった。

「いや、俺、ノミとかシラミとか持ってないから……」

「それでも、土とかホコリとか、菌とか、いろいろ付いてるでしょ。さっき耳裏を掻いてたし。なので、うちに住むなら、その前にきれいになってもらいます」

「任せてください、深月さん。こいつをふわふわの家猫に仕立て上げてみせますよ」

にこにこ顔のキリヤが、タロウの脇に手を入れ、ひょい、と抱きかかえた。

瞬間、床から離れがたしとでもいうように、タロウの胴体がみょーんと軟体生物のごとく伸びる。

「ふふふ……。タロウ、僕と深月さん二人きりの家に上がり込んだことを後悔しながら、きれいな猫になるがいい」

「おいこらキリヤ。待て。俺がちょっとだけ強引すぎた。反省はしていないが許せ」

「反省していないのなら、何を躊躇う必要もないね。さ、お風呂場へ、レッツ」

「レッツじゃねえ！　だいたい動物用シャンプー持ってんのかこら！　俺は敏感肌だぞ！」

「そこは魔法で大丈夫なようにしますから～」

「便利かよ！　知ってたけど！」

ニャンニャン言いながら、タロウはお風呂場へと連行されていった。

静かになったリビングで、一人になった深月は「ふう」と一つ息をつく。

キリヤに次いで、またもや住人増加。しかも、まさかの喋る猫。

耳を澄まさずとも、お風呂場から「ぎにゃー！」というタロウの悲鳴が聞こえてくる。猫はお風呂嫌いが多いとはなんとなく知っていたが、大変な騒ぎのようだ。

キリヤが引っかき傷だらけで出てこないといいが……と深月は心配になる。あとで一度、動物病院でも診てもらおうと思い、そこでふと思い至った。

「そうだ、タロウのご飯……。とりあえず猫缶とカリカリ買ってくるか」

深月は、さっそく餌の買い出しに出ることにした。

再び鞄を持ち、お風呂場のキリヤたちに「ちょっと買い物に行ってくるねー」と声をかけて、外に出る。

「えーと、猫の餌って、どこで売ってるのかな」

深月はひとまず、近所のスーパーに行ってみることにした。

タロウは野良猫だから、なんでも気にせず食べてきたことだろう。

だが、深月の家の猫になるとあれば別だ。ちゃんとしたものを食べさせてあげたい、と深月は思う。虫とか持ち込まれても困るし。

そんなわけで、深月は、ちょっとだけタロウの世話をする気になっていた。

◆◆◆

カリカリと猫缶を買った深月が家に帰ると、そこにはふわふわの黒猫が待っていた。

「……きれいな猫になりました」

まるで首にそんな文言を書いた看板でもぶら下げていそうな顔で、タロウがそのまま言った。相当嫌だったのだろう。かなりムスッとしている。

対して、彼の黒い毛並みは洗ったことで艶を増し、全体的にモフッとしていた。特に、目の周りの汚れが落ちたからだろう。元々整った顔立ちの猫ではあったので、さっきまで野良だったとは思えないような美猫になっている。

その背後では、キリヤがやりきったというように充実した顔をしていた。

「僕、頑張りましたよ、深月さん。褒めてください、存分に」

「……タロウ。触ってもいい？」

キリヤの主張は、もはや深月に聞こえていなかった。

しゃがんで頼んでみると、タロウが「好きにしろ」と観念したように目を閉じる。

深月は、そっと彼の頭に触れ、ゆっくりと撫でた。

「おお、モフモフ……。これはなかなかの撫で心地で……」

「気に入ってくれたんなら、死ぬ思いで洗われた甲斐があるってもんだな」

不機嫌顔だったタロウだが、撫でられるのは嫌いではないらしい。ごろごろ、と喉を鳴らして深月に撫でられるがままだ。

その傍らには、キリヤが悲しげな様子で立っている。

「深月さん！　僕が頑張ってきれいにしました。僕が」

「あ、ごめんね。ありがとう」

「それだけ？」

「うん――……って、キリヤ、そこ！　ほっぺ、血が出てる」

「え？」

深月が示した左頬を指先で拭い、ついた血を見て、キリヤも「あ、本当だ」と気づく。

「悪いキリヤ、暴れてる間に引っ掻いちまった。無我夢中だったもんで」

「大丈夫だよ、これくらい――って、深月さん？」

深月は部屋に入り、救急箱を持ってキリヤの元へと戻った。

そして、救急箱からサッと消毒液を取り出す。

「傷口、見せて。タロウ、人間にはよくない菌を持ってるかもしれないし、消毒しとこ」

タロウが「それは否定できない」と神妙な顔で頷いた。

「いや、魔法使いは基本的に身体も強いんで、感染とかもあんまり……」

「あんまり、なんでしょ？　ほら、やっておこう？」

消毒液と脱脂綿を構えた深月に詰め寄られ、キリヤはやがて頬を差し出した。

そっと優しく、血を拭うようにして深月は傷口を消毒する。

「はい、消毒はこれでいいかな。絆創膏はなくても大丈――」

「つけてください。絆創膏」

お願いします、とキリヤが頬を出したまま言った。

「？　じゃあ、つけるね」

ぺた、とキリヤの頬に絆創膏をつける。

と、キリヤを見れば、なぜかニコニコ顔になっていた。

「……なんでそんな機嫌よさそうな顔してるの？」

「深月さんが僕に優しくしてくれたので。また魔力が溜まりました」

キリヤは、とても嬉しそうに頬の絆創膏を撫でた。

その様子に、深月はちょっと困惑する。

絆創膏を貼っただけで、そこまで喜ばれるとは。というか、優しさと感謝は、また違うもののような……。

「よかったなあ、キリヤ。深月がいい人間で」

足元で、タロウが感慨深げにそう呟いた。

そんなにいい人間なわけでもないけど……と深月が思っていると、

「お前の対人運、前世で悪行重ねまくったんじゃないかってくらい酷かったからな」

憐れむような眼差しで、肩ポンでもするように、タロウがキリヤの足に優しく肉球を置いた。

「キリヤの周り、そんなに酷い人ばっかりだったの？」

「ああ、ええ、まあ……」

キリヤは言葉を濁す。

どうやら、あまり触れられたくないらしい。

それを察して、深月も追及するのはやめておくことにした。

人間、誰しも話したくないことの一つや二つや三つや四つくらいあるものだ。

「でも、深月さんはいい人ですよ、やっぱり。少なくとも、僕にとっては」

キリヤがそう言い加えた。

余計なことを言ったかな、と深月は申し訳なく思っていたので、彼にそう言ってもらえたことで少し救われた気がした。

「だから、タロウ。僕はちゃんとするから、気にせず野良生活を続けてくれても一向に構わないからね？」

「それはお前がちゃんとしてるかどうかを見てから決める。深月もせっかく俺用の食事を買ってきてくれたんだ。その分くらいは少なくともいるさ」

タロウの視線の先、深月が床に置いた買い物袋の中身は、猫缶とカリカリだ。

結構な量である。どれくらい必要なのか分からなかったから、両手で持って帰れる重さの分だけ買ってきたのだ。

「ふむ。ざっと見て、一ヶ月くらいはいられそうだな」

「えっ、そんなに買ってきちゃった⁉」

「野良育ちなもんでな。基本的にあまり餌にありつけないから、それだけの量があれば――」

その時、ピンポーン、とインターホンの鳴る音がした。

「誰だろう。宅配便かな」

「変な勧誘なら、僕が追い返しましょうか」

「おう。なんなら、俺が猫語で相手してやるぞ。にゃーん」

頼もしい二人の声を背に受けつつ、深月はモニターを通話に。

「はい、どちら様ですか？」

尋ねれば、外から応えたのは聞き覚えのある声だった。

『深月。あたし、あたし』

『アンド、わたしー。来ちゃったー』

モニターの画面に映し出されていたのは、明美と陽菜だった。

「ふ、二人とも、なんで？」

『近いうちにお邪魔するって言ったじゃん？　だめって言われなかったし』

「言わなかった……けど、昨日の今日って早すぎるんですけど？」

『昨日訊いたら、今日は家にいるって言ってたから』

どうやら余計な情報を教えてしまったらしい、と深月は己の迂闊さを反省した。

家にいるから押しかけていいという理論にはならないはずなのだが、押しかけてきてしまった明美たちに言っても、それは既に遅い。

「っていうか、昨日『婚約したてなら特に、二人の時間も大事にした方がいい』とか言われた気がするんですけど、それは……」

『二人の時間〝も〟って言ったじゃん』

『わたしたちとの時間も大事にしてよー』

明美と陽菜の解説に、深月は「……そういうことか」と納得した。

確かに、独身を謳歌してきた仲間であるこの二人の言葉なら、そのように解釈するべきだったかもしれない。甘かった。

『お酒とかおつまみとか、いろいろ買ってきたんだけど』

『入れてー。お願いー』

「と、言われましても……」

深月は背後を振り返る。

キリヤとタロウが、揃って目をぱちぱち瞬いた。

「ということで、友達が来たんですが、家に入れろと言っています」

「昨日のご友人ですね。いいんじゃありませんか？」

「俺も大人しく飼い猫してるから、いいぜ」

二人の意見を聞き、深月は腹を決めた。

扉を開けて、「どうぞ、お入りください」と友人二人を家に招き入れる。

「よっ、お邪魔します。あ、キリヤさん、どうも昨日ぶりで」

「深月がお世話になってますー」

二人の挨拶に、キリヤが笑顔で「いえ、僕がお世話になってますので」と言った。

婚約者なら、そこは「こちらこそ深月がいつもお世話になっています」というのが普通だろうが、明美と陽菜は突っ込むこともなく「そんなそんな」とケラケラ笑い飛ばした。

と、明美が「あ、猫も飼ったんだ」とタロウに気づいた。

「う、うん。本当、つい最近なんだけど」

「独身で猫を飼ったら終わりだとか言われるけどさー、二人と一匹だと、俄然、新生活って感じになるよねー」

いいなー、と陽菜がタロウの喉を撫でる。

陽菜も深月と同じく動物好きなのだが、先のようなことを言われがちなのが面倒で飼えずにいるらしい。しかし、「わたしもやっぱ猫飼おうかなー。別に、他人からとやかく言われてもいいしー」と世間の声はさっそく無視の方向なのがさすがだ。

「立ち話もなんですし、どうぞ中へ」

キリヤに促された二人は、勝手知ったる深月の家、という様子でリビングへ。

そのあとを、深月は、大丈夫かな……と不安に思いながらついていった。

◆◆◆

結論から言うと、全然、大丈夫ではなかった。

飲み始めてしばらく時間が経った頃、酒の肴が足りなくなりそうだと思った深月は、近所のコンビニまで一人で追加の買い出しに出た。

それから十分そこらで家に戻ったのだが、

「わ～い、深月さんだ～。おかえりなさ～い」

キリヤがへべれけ状態になっていた。

明美と陽菜が、お酒を飲ませすぎてしまったのである。

「キリヤさん、結構いけるクチだね」

「えへへ、ですかね～」

キリヤの正面に座った社内でも指折りの酒豪・明美が、現在進行形でどんどんお酒を勧めている。

明美の隣に座った陽菜も、ちびちび飲んでいるが、なかなかのハイペースだ。つまみにほとんど手をつけていないのに、まるで酔っている様子がない。

「深月ーキリヤさんがお酒飲める人でよかったねー」

「いや……。全然、飲める人じゃないはずなんだけど」

言いながら、深月はキリヤの隣に腰を落とした。

深月は知っているのだ。キリヤが、あまりお酒を得意としていないことを。

過去に一度、「晩酌どうですか？」と彼に勧めたことがある。

だが、「ちょっと苦手なんですよね」と言われたので、以来、深月はお酒を勧めるのはやめたのだ。彼が深月から貰えるものを諸手を挙げて受け取らないのは珍しく、それでいつも食後はコーヒーという流れになっていた。深月も彼に合わせているので、家での飲酒はほとんどない。

しかし、どうだろう。

今、見ている限りだと、確かにキリヤはイケる口というか、酔ってはいるものの、わりと平気な様子で飲んでいるように見えるのだが——。

と、その時、テーブルの上にあった明美の携帯電話が震えた。

「あ。ごめん。ちょっと席外すわ。気にせず続けてて」

立ち上がって部屋の外へと出ていく明美。

と、同時に陽菜も立ち上がる。

「わたしはお花摘みー。借りるねー」

いってきまーす、と言って、陽菜も出てゆく。

扉が閉まり、二人の気配が遠退いた瞬間だった。

「深月さん、深月さん」

キリヤにとんとんと肩を叩かれて、「うん？」と深月は顔を向ける。

瞬間、目の前に、ぽんっ、と花束が現れた。

ピンクを基調にした可愛らしいアレンジメントの花束だ。それをキリヤが、すい、と差し出してきた。

「貰ってください、僕の気持ちです」

笑顔で渡され、深月は思わず両手で抱えるように受け取った。

「あー、ありがとう。嬉しい……。けど、でも、今こういうのはまずいかも……」

「もしかして、足りないですか？　んー、じゃあ——てい」

深月が「そういうことじゃなくて」と言うのと、ほぼ同時だった。

ぽぽぽんっ、と音がして、深月の周りが花だらけになった。

突然、部屋の中に花の絨毯が敷かれたようになり、深月は呆然とする。

しかし、犯人のキリヤはニコニコと満足げだ。タロウを洗った後のやりきった表情と同じ顔である。

唯一違うのは、完全に目がとろんとしているところだろうか。

「キリヤ……すごく、酔ってるのね？」

「…………………えへへ～」

「笑って誤魔化さないでくれます？」

「これで深月さんもお花いっぱい摘めますから、陽菜さんみたいにどこかに行かないで、ずっとここにいてくれますよね」

「真顔で言えばいいってもんでもないし、だいたい、陽菜のあれはトイレの隠語だから」

キリヤは真顔のまま「……うーん？」と首を傾げた。

「ん～……よく分かりませんが、深月さんが可愛いことだけは分かります」

「どさくさに紛れて何言ってんの……」

「深月。こいつはだめだ、完全に酔ってやがる」

見るに見かねたタロウが、ぽやぽやしているキリヤの腕を強めに押した。が、まったく反応しない。

それどころか、そのまま深月の方へと倒れこんできた。

「ちょっ――キリヤ⁉」

深月は慌てて彼を受け止める。

抱きとめたキリヤの身体は、ずっしりと重かった。

完全に脱力しているというか、これは……。

「……ね、寝てやがりますな」

ふぬぬぬ、と深月は重さに耐えながら声を絞り出した。

深月の苦悶（くもん）の表情とは対照的に、キリヤはとても幸せそうだ。安らかな寝息を立てて、穏やかな表情で眠っている。

「こいつ、酒飲むと魔法で暴走して、そのまま寝落ちする癖があるんだった。忘れてたぜ」

「覚えてて欲しかったな～。っていうか、二人ともすぐ戻って来ちゃうだろうし、どうしようこれ。見られたら、わりと終わるんだけど」

色とりどりの花に埋め尽くされた部屋を見渡して、深月は途方に暮れた。

キリヤを揺すってみても、口からぽやぽやした意味をなさない言葉が出てくるだけで、どうにもならない。なんてこった。

と、そんな深月に活路を示す者がいた。

「……俺の出番だな」

「どうにかできるの、タロウ？」

「ああ。時間稼ぎぐらいだが、どうにかしてみせよう」

任せろ、と言って、四つ足で立ったタロウは、床を埋め尽くす花を掻き分けながら、器用に扉を開けて外へと出ていった。

その扉が、パタンと閉まる。

それとほぼ同時のタイミングで、陽菜がお手洗いから出てくる音が聞こえた。

「あれー？　タロウくん、部屋の中にいなくていいのー？」

「にゃあーん♪」

「えっ、触らせてくれるのー？　わわー……えっ、そんなところまでー！」

どんなところまで触らせてあげているのか深月は気になって仕方ない。が、タロウが善戦していることだけははっきりと分かった。

今のうちだ、と深月はキリヤを抱えたまま「うんしょっ」と立ち上がる。

まず、キリヤの魔法による二次被害を防ぐために、リビングの外に出すことにした。

とはいえ、彼の部屋への入り口がある廊下には出られないので、ひとまず深月は自分の寝室へと連れてゆく。

しかし、意識のない人間の身体は重い。

キリヤを引きずるようにして運び、ベッドになんとか横たわらせた深月は、彼と出会ったあの夜のことを思い出し、ため息と共に呟いた。

「キリヤ、よく私のこと運べたな……」

キリヤの話によれば、彼にお姫様抱っこをされた、らしい。

そんな記憶も、なんとなくだが残っている。そんなこと、生まれてこの方、親にすらされたことがないのに、彼は簡単にやってくれてしまった。

「はっ。リビングの花畑をどうにかしないと！」

キリヤの寝顔に見とれそうになっていた深月は、そこで我に返った。

現在、タロウが孤軍奮闘して扉を死守してくれているのだ。

野良猫だった誇りを捨て、いろんなところを陽菜に触らせては必死に時間を稼いでくれている彼の尊い犠牲を無駄にはできない。

「えっと、キリヤと一緒に、ひとまずこの部屋に花を押し込んで――」

そう考えて、ベッドに背を向けた時だった。

「えっ？」

ぐっ、と腕を掴まれて、深月はベッドに引き戻された。

犯人はキリヤだ。

ベッドに横たわった彼は、ぼんやりと目を開けていた。

きらきらと光を乱反射させる不思議な瞳で、じっと深月を見つめている。

「……行かないでください、深月さん」

心細そうな声で、キリヤはそう呟いた。

意識がはっきりしているのかは、定かではない。

ただ、深月の腕を掴む手の力は強い。言葉通り、行って欲しくないというように。

「そう言われましても、あなたの出した花をどうにかしないと」

「どうにかしたら、いてくれますか？」

深月が答える間もなかった。

キリヤは空いている方の手をゆるゆると上げて、パチンと指を鳴らした。

瞬間、リビングの方で、ぽんっ、と一つ、音が鳴る。

シャンパンボトルのコルクが抜けるような小気味好い音だった。

見れば、深月の部屋にも転がり込んでいた花が、すっかり消えてなくなっている。

「どうにかしましたよ。……だから、いてください……一緒に、いて……」

言いながら、キリヤはそのまま、すう、と眠りに落ちてしまった。

魔法は、魔力を使う。

その魔力は生命エネルギーだ。それを消費したせいで、疲れてしまったのかもしれない。

その時、リビングの扉が開く音がした。

「深月ー、今の音なにー？　あー、タロウちゃん、ごめんねー。部屋に入れてー」

「なんか、ぽんって聞こえたけど――って、あれ、深月どこ行った？　キリヤさんもいないし」

陽菜と明美が、タロウの防衛網を突破してリビングに戻ったようだ。

深月は慌てて二人の元に戻る。

と、見れば、タロウがフラフラしながら二人の後から部屋に入ってきた。相当、頑張ってくれていたらしい。

「あー、キリヤが潰れちゃって。今、部屋に寝かせてきたとこ」

「うっそ。ごめん、調子に乗って飲ませすぎた」

「ご機嫌なまま寝落ちしちゃうタイプだったかー。わたしも、ごめんねー」

明美と陽菜が、揃って深月に手を合わせ、謝罪した。

「ううん、気にしないで。キリヤも楽しそうだったし」

「それならいいんだけど……。じゃあ、キリヤさんも寝ちゃったし、そろそろお開きにしますか」

「だねー。明日、仕事だしー。片付けよー」

言って、二人はテーブルの上に広がっていたコップやお皿を片付け始めた。

二人とも手際がいいので、深月が加わる隙もない。

あっという間に飲み会の痕跡はゴミ袋二つに収まってしまった。さすが日常的に飲み慣れているだけのこともあり、空き缶などの仕分けも完璧だ。

「二人とも、今日はありがとう」

深月が言うと、明美と陽菜が顔を見合わせて苦笑いした。

「うちら的には、家に上げてくれてありがとう、だけどね」

「ねー。深月の迷惑を無視して、突然アポなしで来ちゃったのにさー」

「あはは。まあ、事前の連絡は欲しかったけど……。でも、私も久々に二人と飲めて楽しかったから」

深月のその感想は、心からのものだった。

生活スタイルが変わると、意図せず変わってしまうこともある。

人間関係などは、その最たるものだろう。

恋人ができたり、結婚したりで、終わってしまう友人との仲というものもある。

『婚約』という言葉だけでも変化を促してしまうことが、ないわけではないのだ。

今後、家族や職場など、公私で関係のある人たちに知らせていく中で、深月もそれを実感していくことだろう。

けれど、明美と陽菜とは変わらずにいられそうだ、と深月は思った。

それが嬉しくて、すごくホッとした。

「また来てね。あ、別にうちじゃなくて二人の家に行ってもいいし、外飲みでもいいんだけど」

深月が言うと、明美が「いいの？」と陽菜に目配せしながら言った。

「あたしも陽菜もそうしたいけど、キリヤさん的にはそういうのＯＫなのかなって。『嫁が好きに活動してると面白くない』っていう旦那さんも世の中にはいるからさ」

「そうそうー。深月もよく知ってると思うけど、ここには明美先輩っていう既にその道を通っちゃった人がいるからさー」

陽菜の補足に、明美が「それな」と昨日のカフェでの会話と同じように実感を込めて頷いた。まさに明美が離婚の際に相手から言われたのが、先のような言葉だったらしい。

「キリヤは大丈夫。私も、そういうのがＯＫじゃない人とは婚約しないし、ましてや結婚なんてできないって」

　深月がそう言うと、二人とも安心したらしい。

　明美は深月の肩をぽんと叩き、陽菜は携帯電話の画面を見せてきた。

「じゃあ、これからも遠慮しないかんね？」

「そうだ、これこれー。こないだネットで三人で行きたいお店見つけちゃったー。また誘うねー」

「うん。二人とも、またね」

　お幸せに～と上機嫌で手を振り去ってゆく友人二人を、深月は玄関先で見送った。

　ふと、室内に視線を戻せば、タロウが座っている。

「どうだ、深月。俺は役に立っただろう？」

「うん。助かったよ。はー……しかし、危なかったね」

「言っただろう。『俺を飼うと役立つことしかない』とさ」

「本当に、今日は感謝しかないよ……。というわけで、高級猫缶があるんだけど、開けよっか？」

「お！　マジか。いいのか」

「タロウ氏の素晴らしき働きへ、感謝の気持ちです」

言って、深月は買ってきたタロウのご飯の中から、一番高い猫缶を開けた。近所の猫から「あれは一味違う」「うちの主人がツナ缶代わりに食べちゃうくらい」などの評判を聞いていて、一度食べてみたいと思っていたらしい。

「お。これはなかなか美味い」

「お口に合ったなら何よりです。私、キリヤの様子を見てくるね」

食べながら「おう」と返事をしたタロウをその場に残し、深月はキリヤが眠る自室に向かった。

◆◆◆

キリヤは枕を抱いて、すっかり眠っていた。

その無防備な寝姿を、深月は思わずまじまじと眺めてしまう。

「寝顔もイケメンだなぁ……」

キリヤの瞳は星空のようにきれいだが、閉じていてもその顔立ちは整ったままだ。このまま目を開けたら女性誌の表紙なんかにもなりそうだ、と深月は想像して「うん。悪くないな」と頷いてしまう。

そういえば、こうしてベッドの上で寝ている彼を見るのは初めてだった。なんとも心地よさそうに眠っていて、見ている方まで眠りに誘われてしまう。

「……ていうか、私、今日どこで寝よう」

キリヤを寝かせてしまったので、自分のベッドが使えない。

さすがに今から起こして移動させるのは可哀想だが、かと言って同じ布団に潜り込むのは、ちょっとあり得ない。

「キリヤの部屋を使えばいいんじゃないか？」

足元へとやって来たタロウが勧めるが、深月は首を横に振った。

「勝手に入るわけにはいかないし、やめとく。寒くもないし、今日はソファでいいよ」

「遠慮するなって。酔い潰れて深月のベッドを占領したキリヤが悪いんだから。それにあいつの部屋、別に変なもんはねーから。深月に見られて困るものは置いてないって、あいつ自分で言ってたし」

な？　とタロウが勧める。

「本当に大丈夫かな？」

「とりあえず入口から覗いてみればどうだ？　俺もさっきこっそり入ってみたけど、なかなか面白い部屋だぞ。深月だって気になるだろ、魔法使いの部屋」

「そりゃ、ちょっとは……。でもキリヤ、プライバシーとか気にしない？」

「それを家に上げた深月が言うか？」

タロウが尻尾を「？」の形にして言った。

「だいたい、ここ、深月の家だし。それに、そういうの気にしてる奴は、部屋に鍵をかけておくんじゃないか、人間は」

「なるほど。それもそうか」

納得した深月は、タロウに誘われてキリヤの部屋を見にいくことにした。

キリヤとの同棲が始まってから廊下に現れた不思議な扉に手をかける。すると、進入を拒むような魔法もなく、普通に開いてしまった。

「お邪魔しまーす……って、うわ」

キリヤの部屋に入った深月は、その光景に目を見開いた。

深月のアパートに一室、違和感なく追加されたクローゼット付きの１Ｒ。

しかし、部屋の中は、異質以外の何物でもなかった。

高い天井からは無数のランプが吊り下がり、柔らかな光を部屋に落としている。

間取りのわりに広い部屋の一面は天井まで続く本棚で、美しい薬瓶の並んだ木製棚、回り続ける地球儀、大きな天体望遠鏡、仕掛けの複雑な大時計などがインテリアのように部屋を飾っていた。

毎日色が変わると聞いていたカーテンは、今はビロードのような質感の濃紺だ。

その隙間から見える外の景色は、深月のアパートがある街とはほど遠いものだった。

どこかの静かな夜の海辺が映り込んでいる。

深月が入り込んだのは、紛れもなく、魔法使いの部屋だった。

「これが、深月の期待した部屋のイメージか」

先に入ったタロウが振り返って言った。

「イメージ？」

「この部屋、入ったやつのイメージで、模様が変わるんだと」

「何それ……すごすぎない……？　カーテンと窓の景色が変わるってだけでも面白いって思ってたのに」

「毎日使うキリヤは窓辺の雰囲気だけで十分なんだろうさ。誰が入っても、クローゼットとベッドの位置は変わらないみたいだがな」

タロウが部屋の中を先導してゆく。

それについて行くと、部屋の奥に広々としたベッドが置いてあった。

両手両足を悠々と伸ばして寝ても、まだ余裕がありそうな大きさである。

「これはまた、うちのアパートには似つかわしくない豪勢なベッドで……。ダブルを通り越して、キングサイズなのでは」

「ほら、寝心地よさそうだろう？　俺も寝るし、共犯だ、共犯」

「ん。じゃあ、そうする。私、お風呂入ってくるから、先に寝てていいよ」

言って、深月は入浴を済ませてから、再びキリヤの部屋へと戻った。

そうして、アラームを出勤時間に間に合うようにセットした目覚まし時計を持ってきて、既にタロウが丸くなっているキリヤのベッドに潜り込む。

「お……。これは、いい感じかも……」

手で押して弾力を確認した深月は、思わず呟いた。

ベッドは見た目の豪勢さ通り、質のいいものだった。

表面はふかふかでいて、かつ沈み込みすぎない、絶妙な寝心地だ。掛け布団も上等な羽毛布団らしく、魔法でもかかっているかのように軽い。

だが、横たわった深月は、少し落ち着かなかった。

馴染みのない部屋だから、というのもあるだろう。けれど、布団の中で呼吸をするたびに、ちょっぴり胸が苦しくなるのだ。

（キリヤの匂いがする……）

普段あまり意識したことはなかったけれど、今ここに満ちている匂いは間違いなくキリヤの香りだった。眠ろうと目を閉じると、余計にそれを感じてしまう。

のぼせたように顔を熱くしながら、深月は自分の心音に耳を傾ける。

……どきどきしてしまっていた。

先ほど彼を引きずるようにしてベッドに運んだ時、絆創膏を貼った時など、彼と近づいた時に、ふいに感じることのあった匂いだ。

キリヤの匂いだ。

（…………いい匂い、かも……。なんか、懐かしいような……）

ほのかに甘くて優しいその香りに包み込まれ、深月の力が抜けてゆく。

部屋と同じように、このベッドにも魔法がかかっているのかもしれない。

そんなことを思いながら、深月は穏やかに眠りの中へと落ちていった。

◆◆◆

翌朝、それは深月の目覚まし時計が鳴る前のこと。

ばんっ、と音がして、深月はビクッと目を覚ました。

「どういうことなんですか、深月さん！」

まだ半分寝ぼけ眼（まなこ）の深月だったが、突然のことにびっくりして跳ね起きた。

扉を開けて部屋に飛び込んできたのは、キリヤだ。昨晩、酔い潰れて寝落ちした格好のままで、いつもより寝癖がひどい。

「な、なな、なに⁉　ごめん、なに――」

「なんで僕のベッドで寝てるんですか！」

指摘されて、深月はぼんやりと周囲を見回す。

高い天井、無数の吊りランプ、天井まで続く本棚に、薬瓶の棚などなど。

窓辺には、朝日を透かす、見覚えのない若草色の亜麻製カーテン。その隙間からは、のどかな山麓（さんろく）の景色が見える。

そこまで見て、深月はようやく自分がどこで寝ていたのかを思い出した。

「ご、ごめんなさい。ベッド、勝手に使っちゃって……」

「それはいいんです！」

キリヤの言葉に、反省していた深月は「え？」と目を瞬く。

「あ、あれ？　いいの……？」

「はい。僕のベッドでよければ、好きなだけ使ってくれていいです。それは全然いいんですけど……」

「けど？」

「ご自分のベッドに僕を寝かせたなら、なんでそのまま僕を一人で寝かせたんですか？　一緒に寝てくれればよかったのに……」

しゅん、としながらキリヤが呟いた。

呆然としていた深月だが、彼の主張するところを理解して、再びベッドに倒れ込む。

あまりの脱力感から、再び夢の中へと引き戻されそうになった。

「なんだ。そんなことかあ……」

「そんなことかあ、じゃないですよ。タロウとは同じベッドで寝てるのに……」

「タロウは、猫じゃん……」

「猫の前に、男です」

いや男の前に猫でしょうよ、と深月が困惑している間だった。

キリヤが近づいてきて、ぎし、とベッドに膝を載せた。

「……タロウと一緒に寝たんだったら、僕とも一緒に寝てください」

「えっ——ちょっととっ！　待って……！」

ベッドから逃げようとジタバタする深月。

だが、キリヤが覆いかぶさってきて、身動きが取れない。

激しく混乱しながら、深月は彼を押し返す。だが、キリヤの身体に触れて、思わずひるんでしまった。抵抗する腕に力が入らない。

「か、会社、遅刻するからっ！」

「まだ時間に余裕あるの、知ってます」

「っていうか、くっつかないの！」

「だって深月さんとくっつきた――痛ったい！」

突然、キリヤが悲鳴を上げて深月から飛び退いた。

見れば、深月の頭の横で丸まっていたタロウが、爪を出した前足を構えていた。

「タロウ！　今、僕の頭それで叩いただろ⁉」

「叩きやすい位置にあったからな。だいたい、深月が困ってんだろうが。即刻、退け」

「ええー……。だって深月さんとくっつきたいー……」

「あのな。無理にくっつこうとすればするほど、深月の心は離れるぞ？　いいのか？」

タロウに言われて、キリヤはぐうの音も出なかったらしい。

「それは嫌だ……。むう、分かったよ。退くから、もう爪をしまってくれ」

彼はぶつぶつ文句を言いながらも、ベッドから下りる。

その隙に深月もベッドを下り、脱兎（だっと）のごとくキリヤの部屋を飛び出した。洗面所で顔を洗ったのち、自室へと逃げ込む。

「あーも～。朝から心臓に悪い」

出社のために化粧下地を塗りながら、深月は熱で赤らんだ頰を押さえて呻く。

と、背後から「深月」と呼び声がした。

鏡ごしに見れば、タロウが部屋の入り口から覗いている。

「あ、タロウ。さっきはありがとう。キリヤのこと注意してくれて。困ってたんだよね」

「いや、俺も寝起きに目障りだったし」

さらりと酷評を口にしたタロウに、深月は苦笑した。

付き合いが長いからか、タロウはキリヤに対して手厳しい。見ようによっては、面倒見のいいお母さんのようだ。

「ねえ、タロウ。うちにずっといなよ。嫌じゃなければ、だけど」

「え、いいのか？」

「うん。役に立つぞって、タロウの言葉には偽りなしだったし。キリヤもタロウの言うことだと素直に聞くし、私も助かるからさ」

「でも……お目付役とはいえ、二人きりの愛の巣に入り込んでもいいのか？」

「はい？　あ、愛の巣？　どこが？」

タロウが「ここの他にどこがあるんだ」と呆れたように眉根を寄せた。

「まあ、さっきは合意の上でのいちゃつきではなかったようなので邪魔したが、基本的に空気は読むから安心してほしい」

「さっきって――」

先ほどのことを思い出してしまい、深月の顔が再びかあっと熱くなった。鏡を見ると、やはり頬が赤くなっている。それを隠すようにファンデーションを塗りながら、深月は努めて冷静に説明する。

「じゃ、邪魔していいから！　基本的になんにも合意してないし！　だから、愛の巣っていうのとは違うから！」

少しの間、タロウは深月をじっと見つめていた。

まるで深月の本心を探ろうとするように。本当に違うのか？　と確認するように。

「……そうか、愛の巣ではないのか」

「う、うん。キリヤとは、お互いに都合がよかったから、お試し的に婚約しているわけだし。まだ結婚するかも、分かんないしさ」

「深月がそう言うのなら違うのだろうな。では、住まわせてもらうことにする。キリヤともども、よろしく頼む」

やがて目を伏せ、タロウはそう言った。

彼の口調は、変わらず淡々としていて素っ気ない。

だが、ピンと尻尾を立てた姿は、どこか嬉しそうだった。

◆◆◆

その日の晩、入浴後のキリヤがリビングに戻ってきた時だった。

タロウを撫でさせてもらっていた深月は、彼の姿を見て感動に打ち震えた。

「うっそ……。キリヤがちゃんと服を着てる……。自主的に……。言われる前に……」

「はい、着ました。タロウが『とっとと着ろ』と言って、例のごとく爪を出すので。……ですが、暑いです」

はふー……と扇風機の前に座り込んだキリヤは、Tシャツの裾をパタパタさせて、中に風を送り込んでいる。

「キリヤ。偉い。すごい。偉い」

「……深月さんがこんなに褒めてくれるなら、もっと早くに自分から着るようにしてもよかったと今さら思いました。タロウが住み着く前に。爪に怯えさせられる前に」

「あはは。でも、そのタロウのおかげで着る気になったんでしょ?」

深月がタロウを見つめて言うと、「だけじゃないですよー」とキリヤが扇風機に声を当てて言った。行動が時々、すごく子供のようである。

「実は昨晩、深月さんのご友人にも言われまして」

「え？　明美と陽菜？」

「はい。深月さんが席を離れていた時に『深月を絶対に困らせないで』、『幸せにしてあげて』と念押し、もとい脅されました。お二人とも、僕が深月さんの結婚相手にふさわしいかを見極めようとしてたみたいで。……それでお酒も断りづらくて」

バツが悪そうに頭を掻くキリヤを前に、深月は昨晩の友人二人の行動を思い出した。

やたらと急な訪問だったので、おかしいとは深月も感じたのだ。

お酒だって、基本的に自分たちが楽しむだけで、無闇矢鱈（むやみやたら）と他人に勧めたりすることはない子たちなのに、と。

「深月さん、いいご友人をお持ちですね」

思っていたことをキリヤに言われ、深月は穏やかに微笑む。

「うん。でも、キリヤもでしょう？」

ね？　と深月はタロウに視線をやり、尋ねた。

キリヤはタロウと見つめあった後、ふっと目元を和ませて「そうですね」と頷く。

「だってさ、タロウ。これからもキリヤをよろしくね」

深月の言葉に、タロウは目をすっと細める。

その猫らしい態度は、もちろんだ、という答えのようだった。

深月とキリヤ、二人の婚約が幸せな結婚に発展しますように……。

そう願うよき友人らの代表として、一匹の黒猫が、こうして二人の同棲生活に加わったのだった。

第三章　魔法使いとのデート

十一月。

キリヤと出会って、三ヶ月が経った。

猛威を奮っていた台風や猛暑日は、今やすっかり遠い日々の出来事で、都内には本格的に秋の気配が満ちている。


季節の移り変わりと同様、深月の生活もすっかり様変わりしていた。

それも、キリヤが宣言通りに深月の生活力を向上させ、現在もその状態を維持してくれているからだ。

いわゆる『干物女（ひものおんな）』と揶揄（やゆ）されるような毎日に他人が加わったことで生活のハリができたし、栄養バランスにも優れたキリヤの手料理によってお肌のハリも増した。

季節の変わり目にもかかわらず、体調だってすこぶるいい。

そこに黒猫のタロウがやって来たことで、モフモフの癒し成分までもが加わった。

ストレス社会に生きる身には、趣味でも食べ物でもなんでもいいが、この癒し成分が重要なのだ――と、深月自身は信じている。
控えめに言って、現状、かなり満たされている……。
……が、それは私生活の話。
公の生活――仕事まですべて順調に上手く回っている、とは限らない。

◆◆◆

金曜日の、時刻は十四時。

現在、深月はコンサルタントとしての職務を遂行中だった。

目の前には、デスクを挟んで座っている顧客――三十代後半の男性が一人。

この男性はエンジニアで、平日も休めるシフト制の会社勤務だ。そのため、折り入っての相談がある際には、今日のように直接訪れることが多かった。

その男性から、深月は婚活の相談を受けているところだったのだが……。

「デートのアドバイス……ですか」

相談内容に、深月はオウム返しをした。

そんな深月の反応に、男性客は説明が足りないと思ったらしい。

「実は近々、こちらでマッチングしてもらった方をデートに誘おうと思ってるんです。でも私、この年齢まで女性とデートとか、したことがないというか。こういった交際も、人生初で。何をどうしたらいいのかサッパリなんです！　高山さん、どうしたらいいでしょうか⁉」

男性は非常に焦っている様子だ。

だがぐいぐい詰め寄られ、深月の方が焦ってしまう。

こういう質問を受けること自体は、何もおかしい話ではない。

結婚コンサルタントは、主に結婚を望む男女の縁を取り持つマッチングを行うことが仕事だ。しかし、希望条件が合いそうな男女を引き合わせるだけでハイ終わり、というわけではない。

なぜなら、『出会い』がゴールではないからだ。

婚活におけるゴールとは、即ち『結婚』――つまり、顧客たちが結婚というゴールにたどり着くまでの間、恋愛のあれこれについて相談に乗りサポートすることも、結婚コンサルタントの仕事なのである。

だから、こういった質問もあって当然なのだ。しかし、

（……ど、どうしたらいいんでしょう？）

顔には出さないようにしながら、深月は心の中で問い返してしまった。

実は、深月には最近のデートのトレンドが、よく分からない。

というのも、恋愛についての瑞々しい感性は、人生で唯一の元カレと別れた八年前で成長を止めてしまっているからだ。

異性とデートした経験がないわけではない。が、学生時代だ。社会人の、それも結婚を前提にしたデートとは違う。

……残念ながら、結婚の決め手になるような助言には繋がりそうにない。

「デートコースとかも、全然よく分からないんですが！　やっぱり人気のデートスポットとかに行った方がいいんでしょうか⁉　観光地とか、有名テーマパークとか……。映画とかもよく聞きますけど、全部行けばいいですか⁉」

深月が答える前に、男性はどんどん前のめりに質問を重ねてくる。

一応、前任者が残してくれたマニュアルに、男性の質問へのスタンダードな回答は記載されている。勉強に、と読んでいる結婚関連の雑誌やウェブ上の記事などにも、そういったデート関連情報は載っていた。

それらから、確かに『人気スポット』、『外さないコース』という定番の情報は得ている。

だが、いざ顧客から訊かれてみて、深月はそれを答えるのを躊躇った。

聞き齧った答えをそのまま言っていいのか、分からなかったのだ。

それが正しい答えなのか、本当に目の前の男性を幸せな結婚に導くデートコースなのか、分からない。自信がないから、自然と口も重くなる。

「あの……できる限り早くゴールインしたい、というお気持ちは重々承知の上で、数日――いえ、週明けまでで構いません。そのご質問にお答えするために、お時間をいただけませんか？」

考えた末に、深月は即答を控えた。

深月のその答えに、男性客は前のめりだった姿勢を元に戻す。

「それは、なぜ……？」

「いくつかご紹介できるデートコースなど、集積された情報はあります。ですが、ご紹介に適しているのか、今一度、検討させていただいてからの方がよいかと思いまして」

「なるほど！　そういうことでしたら、ぜひお願いします。私の方でも考えながら、高山さんの回答を待ってますね！」

男性はそんな風に深月の提案に納得し、帰っていった。

……彼の背を見送っていた深月が、遠い目をしていることには気づかずに。

◆◆◆

「キリヤ！　明日、デートして‼」

帰宅早々、勢い込んで頼んだ深月を見て、キリヤが目をぱちくりさせた。

彼はちょうど夕飯の支度中で、エプロン姿でキッチンに立っていた。

一方、新たな同居者のタロウは、テレビを見ていたようだ。その視線を「どうした？」とでも言うように、リビングの入り口に立つ深月へと向けてくる。

「デート……ですか？　僕と？」

「そう。明日は土曜日で、私、休みだから！　あ、それとも、既に先約があったりする？」

「いえ、別に予定はないですけど」

「じゃあ！」

「僕、あんまりデートとか好きじゃないんですよね」

キリヤの素っ気ない答えに、深月は「え」と固まった。

「好きじゃ、ない……？」

「食材の買い出しとかは、生活に必要だから仕方ないんですが。でも、デートって、そういうのとは違うでしょうし」

「それは……まあ、違うね」

うん、と深月は小さく頷く。

キリヤは深月へ向けていた視線を手元の鍋の中へと移し、淡々と補足した。

「基本的に、僕は家に引きこもっていたいというか……。極力、外には出たくないというか……。あっ、でも、深月さんと一緒にいたくないとかでは決してなく、むしろ一緒にいたくて——そうだ！　おうちデートとかどうですか？　それが微妙でしたら、タロウとジョーと顔合わせした公園とか」

さも名案だと言わんばかりに、キリヤが笑顔で提案した。

そこに「お前ってやつは……」と、深月がツッコミを入れる前にタロウが苦言を呈してくれた。

「何が『そうだ！』だ。熟年の老夫婦ならいざ知らず、家でいつも一緒にいるのにソレはねーだろ。公園だって、あの距離じゃただの散歩じゃねーか。猫じゃねーんだぞ。買い出しのがまだそれっぽいって一体どういうことだ」

「だってさ、タロウ。デートって——」

「ごめん、キリヤ。嫌なら、別にいいや。うん。ごめんね、突然」

笑顔で言いながら、深月は自室に入り、後ろ手で扉を閉じた。

はあ、とため息、ひとつ。

「……私は、なんでショックを受けているんだろうか。というか、なんで手放しで誘いを受けてもらえると思ってたんだろう」

部屋の電気もつけず、深月は呟いた。

恥ずかしかったのだ。

断られたことが、ではない。心のどこかで、彼なら喜んで自分と一緒にデートしてくれると思っていたことが……。

慢心。自惚れ。自意識過剰。そんな自己嫌悪を表す言葉が頭に浮かんだ。

「予定が違っちゃうけど、私が勝手に予定しただけだし……。仕方ない！　一人で行ってみて、あとは明美と陽菜――はあんまり参考にならなそうだから、週明けにでも職場のみんなに相談しよう」

自分の経験を交えて伝えられないのは残念だが、時間もなければ、経験を積むための相手もいない。もしかしたら、顧客にはテンプレートな回答だけでも十分なのかもしれないし、だいたい説得力がないからとそれを伝えられずにいること自体、自己満足なのかもしれない。

「……とりあえず、夕食後に調べておこうかな」

勉強用に購読していた雑誌をここ最近のバックナンバーから見直して、ネットでも調べて――とデートコースのことを考えながら、深月は部屋着に着替えてリビングに戻った。

宙をふわふわと浮いて、料理がテーブルへとやって来る。

その邪魔にならないようにしつつ深月が席に着くと、タロウが猫背を伸ばしてキリヤを監視するためソファの所定の位置に座った。

そして、バツが悪そうな顔のキリヤが、深月の目の前に座り、食事開始。

本日の晩御飯はロシアの煮込み料理、ボルシチらしい。

これがまた赤ワインのような鮮やかな紅紫色をしている。

「あの、私の知ってるボルシチより、色が赤いんだけど……。これ、ボルシチなの？」

「ビーツを使ったんですよ。本場のは、こういう色なんです」

「へえ、手が込んでるんだね」

感心する深月に、キリヤが「はい」と微笑んだ。

いつも通りの、彼の笑顔。だが、深月の目には少し違って映った。

料理も、なんか、いつもより味気なく感じる。

きっと自分の気持ちのせいだな、と深月は思った。

心に雲がかかっているのが、自分でも分かっている。それもまた、恥ずかしい。

（キリヤの反応で凹むなんて、大人げないな、私。別に、断られても不思議じゃなかったのに、まったく構えてなかったからな。なんでも受け入れてもらえると思ったら大間違いだっていうのに……）

そんな風に己の心を見直しつつ、深月は食事を進める。

そうして、ボルシチが少しずつおいしく感じられるようになってきた頃だった。

スプーンを置いて、キリヤが遠慮がちに口を開いた。

「……あの、深月さん」

「うん？　どうかした？」

「その……さっきのデートの話なんですが」

「ああ～……それはもう大丈夫。気にしなくていいから」

「いえ。付き合います。デート、しましょう」

「……もしかして、タロウに説教でもされた？」

食事中、タロウがキリヤをずっと睨んでいるのが、深月はちょっと気になっていたのだ。

深月の推察に、キリヤは視線を逸らして頷いた。その様子に、タロウが「はあ」とため息をつく。猫のため息を聞くのは、初めてだ。

「あのな、キリヤ。お前のためにも言うけどな。そういうの、バラさねー方がいいと思うぞ。自主的に決めた感を出しとけよ」

「だって僕、嘘つけないし。誤魔化すのとかも苦手だし」

キリヤの素直すぎる答えに、深月は苦笑する。

嘘をつけないのは美点だが、確かにこういう時はバラさない方がいいかもしれない。そう深月の女心も言っている。昔からこうだとすると、きっと彼は生きづらかったことだろう。それは想像するに難くない。

……じゃあ、いつものリップサービスのような言動は、嘘ではないのだろうか。

そんな疑問が深月の脳裏を過った。

「ちなみに、タロウになんて言われた結果、行こうと思ったの？」

「『そんな体たらくだと、深月に婚約を破談にされるぞ』と……」

なるほどね、とそこで深月は納得した。

キリヤは契約結婚に拘っているのだ。

だから、その手前の婚約の状態で深月と終わってしまうのは避けたい。ならば我慢してでもデートに付き合おう――そう考えるのは、自然である。

リップサービス的な発言だって、深月と契約結婚するための作戦か何かなのだろう。

そう自分で結論を出したものの、深月は少し切なくなった。

「で、でも、深月さんがデートに行こうだなんて、珍しいですよね？」

話題を変えようとばかりに、キリヤが尋ねてきた。

あまりにも彼の目が「助けてください」と訴えてくるので、深月は彼をタロウの説教から救ってあげることにした。

「実は仕事で、お客さんからデートコースについてアドバイスを頼まれたんだけど……。あの、笑わないでね？　私、デートの経験値が足りなくて」

「あー、それで実際にデートをしようと思ったんですね。でも、それなら、人から聞いたり、ネットのおすすめ情報を調べればいいのでは？」

「そうなんだけど……。でも、私のアドバイスで、その人が結婚できるかどうか決まるかもって思ったら、適当に答えたくないじゃない？」

「深月さん、考えすぎって、よく言われたりしませんか？」

「……言われたりしますけど」

「僕は考えなさすぎだって、よく言われます。正反対ですね」

全然だめじゃん、と思ってしまうような言葉なのに、深月はちょっと救われたような気分になった。切なさに曇った心に、晴れ間が覗いたような感じがした。

「ありがとう。それじゃ、明日は付き合ってくれるんだね？」

「はい。というかデートって、具体的にはどこで何を？」

「まだ未定なの。ちなみにキリヤには、鉄板のデートプランなんてものがあったり——なんてことは……」

「考えなさすぎで定評のある僕に、それを訊きますか？」

「だよね。うん。それは私に任せて。明日までに考えておきます！　とりあえず、出発時間だけ先に決めておくね」

夕食後、深月はさっそくデートプランの選定に入った。

そうしていろいろと検討した結果、キリヤに告げた自宅出発時間は、午前九時。

キリヤは了承してくれたが、休日にこんな時間から外に出るなんて深月には久々だった。土日は家でゆっくりするのが、最近の過ごし方だったからだ。むしろ、キリヤ同様、家から出たくないくらいだった。

だからだろうか。少し、どきどきしているのは。

「慣れないことは、緊張するもんね……」

高鳴る自分の胸にそう言い聞かせつつ、深月は張り切って翌日に臨んだ。

◆◆◆

翌日、午前九時。

定刻通りに、深月とキリヤは家を出た。

いろいろと考えすぎた結果、深月は少し寝不足だったが、しっかり頭は冴えている。

まず最初に向かうのは、デートプランのスタート地点——都内でも人が集まる大きな駅だ。

その駅近のおしゃれなカフェを、深月は最初の待ち合わせ場所にする予定だった。

プランに組み込んだ他の目的地に近く、件の男性会員とそのお相手の自宅からもそう遠くはない場所である。なので、ちょうどいいのでは、と思って選んだのだ。

「お客さんたちも電車移動なんですか？」

電車を降りたキリヤが、深月にそう尋ねた。

この駅はハブステーションということもあり、同じように降りる人も多い。

平日であればまだスーツ姿がよく見られる時間帯だが、週末ということもあって、今日はどこかへ遊びに行くような服装の人が目につく。

「うん。最初のデートだからね。まだそこまで親密な関係じゃなさそうだし。そうなると車とか、密室は女の人が不安になるかもしれないから」

「僕を家に入れた時、深月さんも不安だった……ですよね」

「そ、そりゃね。出会って五分も経たない見知らぬ男の人を——いや、女の人でもだけどさ——家に入れて不安じゃなかったら、ちょっと貞操観念やら生存本能やら、いろいろと心配になるでしょうって」

「じゃあ、ああいう風に家に入れたのは、僕が初めて？　っていうか最初で最後ですか？」

「そりゃそうでしょうよ。じゃないと、なんかヤダ。自分がヤダ」

思い出しゲンナリして答える深月に、隣を歩くキリヤが嬉しそうに微笑んだ。

彼のそういう言葉や笑顔に、深い意味はない。そうは思っていても、深月はやっぱり反応してしまう。

「とりあえず急ぎましょうか。さあ、さあ」

と、なぜかキリヤが、居心地が悪そうに深月を促し始めた。

不思議に思った深月だが——その理由は、すぐに分かった。

すれ違う人が、皆、キリヤを見て振り返っているのだ。

買い出しに出かける時だって、こういう光景はよくあった。

しかし、注目され度が段違いだ。

それは、今日のキリヤのイケメン具合が、普段と比べて別格だからだろう。

上半身は白シャツにグレーのカーディガンを重ね着、その上に軽い生地のニットジャケットを羽織っている。下半身はジーンズに革のショートブーツ。全体的にフォーマル寄りのカジュアルなコーディネートだ。

髪の毛も、きちんと整髪料で整えてあり、無駄も隙もない。

その輝きぶりからは、夜、街灯の下で倒れていた不審者と同一人物だとはまるで思えなかった。控えめに言って、パーフェクトである。記念品でも贈呈したいくらいだ。

「あのさ。今日、ちょっとオシャレだよね、キリヤ」

カフェに着き、ブランチを注文し終えた深月は、道中の感想をキリヤに伝えた。

面と向かうと、そのオシャレ具合が改めてよく分かる。

「そりゃあ、デートですし、ちょっとはまともな服装じゃないと。というか、深月さんだって」

「う……。そりゃあ、デートですし。……下見ではありますけども」

「可愛いですよ」

「お、お世辞が上手いことで」

「やだな。僕、嘘つけないって言ったじゃないですか」

微笑むキリヤに、深月は思わず黙り込んでしまった。

そこで昨日のセリフを持ってくるのはずるいのでは、と思う。反則だ。

「えー……今日のデートプランは、こんな感じです」

反応に困った深月は、昨日のキリヤがそうしたように話題を変えることにした。

テーブルの上に手帳を広げ、昨晩考えたデートプランを公開する。

「男性会員さんと女性会員さん、二人の好みから組んでみた」

「今日、デートには少し時刻が早い気もしましたが、下見だから？」

「うん。当日は十一時くらいにこのカフェで待ち合わせてランチ、その後は周辺の動物園と美術館と博物館、それからプラネタリウムと水族館を回って、和菓子屋さんか猫カフェで休憩しつつ、夜はレストランでディナー……というのが大まかな流れです！」

「これ、まさか全部回るんですか？」

どうだ！　と自信満々に提案した深月の手帳を覗き込んで、キリヤがちょっと引き気味に言った。

「美術館と博物館、このエリアに十館以上ありますけど」

「それは大きいとこだけにするつもりだけど。……厳しいかな？」

「それならまあ……。でも」

キリヤが、手帳に記された項目をトントンと指さす。

「このプラネタリウムと水族館は、無理だと思いますよ」

「えっ。な、なんで？」

「だってこれ、別の駅じゃないですか。動物園や美術館を回った上で、水族館にプラネタリウムなんて、初めてのデートにしては、落ち着きがない。移動だけで終わっちゃいますよ？」

キリヤに的確すぎる指摘をされて、深月はしゅんとした。

プラネタリウムと水族館は、実は個人的に一番楽しみにしていたのだ。

「うん……分かりました。じゃあ、とりあえず、それらを抜いたところを回ろっか」

「あ。あと猫カフェも。完全に深月さんの趣味でしょう、これ。タロウで我慢してください」

「えっ、猫も？」

「弾丸ツアーか二日間の小旅行なら、別に構わないと思いますけどね」

「う…………分かりました」

キリヤのド正論に反論できようもなく、深月は小さくなる。

と、そこに注文したブランチが運ばれてきた。二人とも同じ、トマトスープとサラダが付いた、具沢山のサンドイッチプレート。そのアボカドエッグサンドに、深月は助け舟とばかりに手を伸ばす。

二人は早々に食事を終え、さっそくプランの通りに行動すべくカフェを出た。

まずは、動物園と美術館と博物館のあるエリアへ向かう。

いずれも広域公園内の施設で、徒歩十分圏内で移動が可能だ。なので、予定通りに見て回ることは不可能ではない。

「じゃあ、最初は動物園！」

深月はチケットを買ってキリヤに渡すと、二人で門を潜り、園内へと入った。

ここは、日本一長い歴史のある動物園だ。

年号が二つ前の時代、『客寄せパンダ』という言葉ができたように、ジャイアントパンダが目玉となっている。近年も赤ちゃんパンダの出産で再び大きな賑わいを見せたという。

そのパンダ舎は入り口すぐにあり、人垣ができていた。

パンダは眠っていることが多くて見られないことも珍しくないが、どうやら今はちょうど活動中らしい。前列から嬉々とした人々の声が聞こえてきた。

「ふ……んんんぬぬ……」

人垣の後ろから一目見ようと、深月は背伸びをする。

が、チラッとモフモフした白黒模様が見えただけで、全体像は見えない。

「……次、行こうか」

「パンダ、いいんですか？」

「うん。私、そこまでパンダ好きじゃなかった。レッサーパンダの方が好きだし」

言って、深月は潔くその場を離れた。

ちょっと残念ではあるが、パンダが見えるまで待っていたら時間がなくなってしまうし、子連れの親子やカップルを引き裂いてまでパンダを見たいかと言われたら、否である。

それに、この動物園にいるのは、別にパンダだけではないのだ。

入り口のパンダ舎を右手に、園を反時計回りに見ていく。

迫力のあるトラやライオンなどの肉食動物、色鮮やかで賑やかな南国の鳥たち、ホッキョクグマやゾウなどの巨大動物、エミューや動かないことで有名なハシビロコウといった大型の怪鳥と、見所がたくさんある——が、

「キリヤ……人気者だね……」

途中で、深月はとうとう言ってしまった。

「あはは……。ほら、魔法使いは、世界から愛されているって話しましたよね。二十五歳になってからも、動物たちは未だにこうで……」

苦笑いしているキリヤの前には、やたらとハイテンションで嘴を鳴らす巨大怪鳥ハシビロコウ。

動かないことで有名なはずのこの鳥、どうやらキリヤに求愛しているらしい。普段あまり見せないであろう怪鳥の奇行に、周囲の人々はギョッとしてハシビロコウとその視線の先に目を向け……そして、キリヤを視認した女性が口々に「あの人カッコいい〜！」という黄色い声をあげるのだった。

深月は初めて聞いたハシビロコウの鳴き声より、女性たちのそんな声の方が気になった。

実は、さっきから行く先々でずっとこんな調子なのだ。

さながらジャングルの奥地のような賑わいになる周囲に、その渦中にいるキリヤの

目が遠くなっていた。チベットスナギツネのような顔になっている。

「深月さん……。僕、静かなところに行きたいです……」

「わ、分かった！　よし、じゃあ美術館に行こう」

動物たちよりも注目を集めるキリヤを連れて、深月は足早にその場をあとにした。

レッサーパンダの前でだけはしばし足を遅らせたものの、じっくり回れば二時間以上の見所がある園内を、駆け抜けるように半分の時間で退園する。

「じゃ、じゃあ、気を取り直して……次は、美術館！」

ここなら静かだぞ、と深月はキリヤと共に美術館へと入館した。

動物園からほど近い美術館では、定期的に特別展示会を開いている。現在は、世界的にも有名な画家の西洋美術展が開催中で、人の入りも少なくはない。

しかし、美術館なので、皆、静かに美術品を鑑賞していた。

展示中の絵はバロック様式の作品で、聖堂に飾られているような壮麗なものが多かった。薄布を纏(まと)った裸の男女は、エロティシズムを感じる以上に神々しく、美しい。

「うわあ、きれい……」

そう呟いたのは、絵を見ていた深月ではなかった。

隣で一緒に絵を眺めているキリヤでもない。女性の声だ。

深月は声のした自分の背後へ、肩越しにこっそり視線を向ける。と、少し離れたところに、キリヤの方を見ている女性がいた。

まさかまた……と思って、深月は周囲を警戒する。

嫌な予感は当たっていた。

動物園の時と同じように、キリヤに再び視線が集まっていたのだ。

みんな芸術鑑賞をしようよ！　と深月は思ったが、たしかにキリヤは生きた芸術品のようなので、周囲の皆さんは何も間違ってはいないのかもしれない。

「あーはは……。深月さんも気づいちゃいましたか……」

キリヤが残念そうに苦笑した。

どうやら彼はとっくに気づいていたらしい。けれど、深月が絵画に集中していたからだろう。何も言わずに連れ添ってくれていたのだ。

「……う。ごめんね、気づかなくて」

「いえ。むしろ僕がすみません……」

「そ、そうだ。外で休憩しよっか」

深月の提案に、はい、とキリヤが申し訳なさそうに頷いた。

美術館を出る前に、一旦、各自トイレ休憩にしようと解散する。

（さて、どこで休憩をしたものか……。予定では人気の和菓子屋カフェがいいかなって考えてたけど……）

下手をすると休憩にならず、またしてもキリヤが疲弊してしまう。

どうしようかな、と深月は悩みつつ化粧室を出た。再びキリヤと合流するため、待ち合わせ場所に指定した美術館前の銅像へと向かう。

既にキリヤは、そこにいた。

その彼を遠目に見て、深月は思わずため息をつく。

（あれじゃ、目立たないなんて無理か……）

キリヤは傍（かたわ）らに立つ銅像に負けないくらい美しい佇（たたず）まいをしていた。

しかも、餌付（えづ）けもしていないのに周囲にハトやスズメが寄ってきているので、切り取って絵画にしたいくらい絵になる光景になっている。先ほどと同じように、やはり人の目も集まってきてしまっていた。

と、深月がそんな彼の元へと急ごうとした時だ。

遠巻きに見ていた人の中から、一人の女性がキリヤに近づいていった。

キリヤと同じ年頃の女性は、一言二言、キリヤと言葉を交わしたが、ぺこぺこと頭を下げて離れていく。

と、間髪を入れずに、またキリヤに接近する者がいた。
今度は学生風の女性が複数人。
彼女たちも先の女性と同じように話して、少し粘るも名残惜しげに離れてゆく。
(あれって、まさかナンパされてる?)
慌てて深月は彼の元に向かう。
が、深月がたどり着くまでの間に、彼はまたしても声をかけられた。
今度は深月と同じくらいの年頃の女性だ。何か渡されたようだ。
「キリヤ、お待たせ!」
話の途中のようだったが、深月はわざと割り込んだ。
すると女性は気まずそうな顔になり、「もし気が向いたら、そこに連絡してくださ
い」と言ってそそくさと去っていった。
「……とりあえず、ここ離れよっか」
「ええ……。そうしていただけると大変助かります」
二人は、美術館前を後にし、公園の中、緑の多い方へと移動することにした。
立ち止まっているとキリヤがランドマーク化してしまうので、それを避けるために
歩きながら話す。

「……さっき、ナンパされてたの？」

「深月さんが来るまでの五回ほどは、そうですね」

「多っ……」

「でも、最後のはちょっと違うようです。スカウトでした」

「え？　スカウトって、もしかして芸能事務所的な？」

「はい。詳しくは聞きませんでしたが、モデルのだとか」

キリヤが女性の名刺を差し出してきたので、深月はそれを受け取った。

確かに、芸能事務所の名前が入った、ちゃんとしたビジネス名刺だ。

芸能事務所がスカウトに飛んできそうなイケメンだ、とキリヤについて思ったことは深月もあったが、まさか本当に来るとは……。

「ま。断りましたし、連絡することもありませんけどね。目立つの嫌いなんで」

感心しながら深月が名刺を見ていると、キリヤがそれをひょいっと取り上げ、ビリビリに破いた。え、え、いいのそれ、と慌てる深月の頭上に、パッとその紙片を振り撒く。

瞬間、バラバラの紙片が、花びらになった。

「わっ！　えっと……これも、魔法？」

「正真正銘の。手品じゃありませんて」

「もう疑ってないけど。魔力、大丈夫なの？　その……出かけてから、ずっと疲れさせちゃってるし」

「疲れたのには違いないんですが、でも、今日はずっと深月さんが魔力をくれてますから」

キリヤの言葉に、深月は「え、私？」と素で首を傾げた。

まったくもって身に覚えがなかったからだ。

「え、ええと、いつの間に？　最初のカフェは割り勘だったし、飲み物とかデザートとかも、あげてないけど？」

「物じゃなくてもいいって言ったじゃないですか」

「今日、まだ褒めてもないよ？」

「ええ。でも、ずっと気遣ってくれてますよね？」

言われて、深月は思い返す。

気遣っていたというか、心配だったのだ。

彼はすぐに衆目を集めてしまうが、あまり嬉しそうではなかったから。

「ねえ、キリヤ。もしかしてデートに行きたがらなかったのって、単に面倒だったたからじゃなくて、ああいう状況になるのが嫌だったとか？」

「そうですね。ああいう状況が〝面倒〟で」

「ご、ごめんね！　本当にごめん！　ごめんなさい！」

深月は慌てて手を合わせ、謝罪した。

彼はデートが好きではないと言って、深月の誘いを断った。

けれど、それにはきちんと理由があったのだ。

なのに自分はその理由を深く知ろうともせず、彼が苦手とするような場所に連れ出してきてしまった。それを深月は悔いた。心の底から申し訳ないと思った。

「深月さん、謝らないでください。結局、ＯＫを出してここに来たのは僕ですから」

「でも……私、キリヤに対して配慮が足りてなかった。キリヤ、こんなにかっこいいんだから、注目されるのなんて普段の買い出しとかでも分かってたのに」

「深月さんの後悔が、わりと僕を評価してくれている内容なのは、喜んでもいいですよね？」

しょげ返っている深月の顔を、屈（かが）んだキリヤが覗き込んできた。その表情には、穏やかな微笑みが浮かんでいる。

だが、ややあって、それが少し陰った。

「あの……深月さん。このあとですけど。どうされますか、デートプラン……」

問われて、深月は真剣に考える。

当初の予定だと、このあと人気の和菓子屋カフェで休憩し、横丁散策、夜はレストランでディナーというプランにしていた。定番のデートスポットなので、きっと楽しめる場所なのだろうと思う。

だが、深月は、これからそこへ行くことを想像して、難しい顔になった。賑やかな場所に行けば、先ほどと同じように、キリヤを、彼が苦手とする状況へと追い込んでしまうだろう。

それに、あの状況は深月自身も嫌だった。

キリヤが困るのも嫌だし、キリヤに女性が話しかけるのを見るのも、なぜか分からないが嫌だ。これが独占欲というものなのだろうかなどと、そういう面倒くさい自分を認識するのも嫌だ。

仕事上、下見はしておきたい。

しかし、そう思う反面、それが正しいデートコースかというと――。

「――帰ろっか」

「……いいんですか？　下見しなくて」

「うん。いいの。だって、キリヤが楽しめないなら、私も楽しめないし。それに、二人で楽しめない場所なら、自信を持ってお客さんカップルに紹介なんてできないし。だから、もう帰ろ？」

言って、深月は元来た道を戻ろうと踵（きびす）を返した。

瞬間、ぐいっ、とキリヤに腕を取られ、引っ張られる。

「うえ？　キリヤ？　……えっと、どしたの？」

突然のことに、深月は困惑して尋ねた。

腕を掴まれているため、距離が近い。

そのせいで、いつにも増してキリヤを意識してしまう。

「あの、僕……深月さんとのデート、まだ終わりにしたくないです」

とくん、と深月の胸が、一つ、高鳴る。

深月の腕を握る手に微かに力を込めて、キリヤが珍しく、少し気恥ずかしそうに囁（ささや）いた。

「だから、二人きりになれるところ、行きませんか？」

◆◆◆

キリヤに誘われて、深月は彼と『二人きりになれるところ』に向かうことになった。

一体どこに連れていかれるのかと、深月はドキドキしながら身構える。

（いい大人が、二人きりになれるところ……二人きり……）

まさかいかがわしい密室とかじゃないよね、と同棲しているとは思えないような謎の心配をしているうちに、深月はキリヤに腕を引かれて駅へ。

そこから電車に乗せられ、三十分ほど揺られて……――。

「……海？」

たどり着いたのは、都内でも有数の広さを誇る海辺の公園だった。

まだ日が高い時間帯ということもあり、人気(ひとけ)はある。だが、なにぶん広大な公園のため、すれ違う人はほとんどおらず、遠くの方に視認できるだけだ。

「深月さん。これ、どっちがいいですか？」

ぼんやり海を眺めていた深月が振り返ると、キリヤが両手にクレープを持ってやって来た。公園の入り口に何台かキッチンカーが止まっていたので、そこで買って来てくれたらしい。ストロベリーとチョコバナナだ。

「えーと、じゃあ、ストロベリーで。というか、カフェの時も思ったけど、お金はどこから……」

「ちゃんと払いましたよ。僕、無一文というわけでもないので。時々マジシャンなどをして働いてますし」

「そうなの⁉　全然気づかなかった。魔法使いなのに、普通だ……」

「ですから、結構、普通の人間ですって」

苦笑するキリヤを前に、解せぬ、と深月はクレープにかぶりついた。

しかし、甘いものとは、どうしてかくも気持ちを満たすのか。キリヤの隣を歩く深月は、先刻よりも自分がかなり落ち着いた気持ちになっているのを感じていた。

海を脇目にゆったりと広がる芝生の道から、小高い木々に挟まれた散歩道へと進む。

彼の誘い文句のように、本当に二人きりだ。

静かで、穏やかで、心地いい。

「深月さんの、一口ください」

え、と思った時には、隣からクレープを一口奪われていた。

満足そうに微笑むキリヤの顔に、深月は文句を言う気もなくなってしまう。むしろ存分にお食べなさい、という気持ちになるのは、彼が年下だからだろうか。

コレはなんだろう？　母性？　庇護欲？　いや年下には興味なんてなかったはずなんだけどな、でもじゃあこれって……。

などと深月が自分の気持ちの正体を明らかにすべく、己のうちで問答していた時だった。

「ところで深月さん。つかぬことを伺いますが」

「何？」

「さっき、妬きましたか？」

「え」

「美術館の前で、僕が女性に声かけられてるの見て、ヤキモチ、やきました？」

確認するように、ほぼ同義の言葉を丁寧に言い直すキリヤ。

聞いた深月は一瞬固まり、それからその意味を認識して――。

「――っ、な、なな、何、をっ……」

誤魔化すのが不可能なほど狼狽えまくった。

図星だったからだ。

あの時、他の女性に言い寄られているキリヤを前に、胸の辺りがざわざわした。

普段のように「イケメンだから仕方ないよね」というドライな感想が出て来る前に、女性と話すキリヤの方へ突撃してしまっていた。私とのデート（下見）中に、なに余所の女と喋ってんのよ……という醜い感情を抱いてしまっていたのだ。

しかも、そのことに、今になってキリヤの言葉で気づかされたのである。以前、同じように訊かれた時には、なんとも思わず軽く流せたのに……。

これで平静でいろ、というのは、土台、無理な話だ。

今すぐ走り出して海に飛び込み、貝のように砂底に潜ってしまいたい。けれど、それは無理なので、とりあえずクレープを頬張った。口が塞がっていて答えられない風を装ってみる。

と、キリヤがにやりと目を細めた。

「あ。その反応は、妬いてくれた感じですかね？　有象無象の女性に、嫉妬してくれた感じですね？」

「な、なん、で、そんな、嬉しそう……に……」

嬉々として深月に尋ねてきたキリヤだったが、問い返しには「さあ」と肩を竦めただけで歩き出した。

深月は怪訝な顔になりながら、彼に続いて、隣に並ぶ。

「……何、その『僕も分かりません』みたいな反応」

「うわ。深月さん、僕の考えてることも分かってくれるなんて……。ちょっと感動しました」

「待って。そうじゃなくて」

「本当、なんでなんでしょうね？」

「はぐらかしてる？　だって、自分が嬉しがってるのに、理由不明とか……」

「僕、今までヤキモチやかれて嬉しかったことなんてないんで、分からないんですよ。なんで深月さん相手だと、こんなに嬉しいって思っちゃうんだろうって」

キリヤが、ぼんやりとした眼差しで言った。

その視線の先にあるのはただの木立で、別にそれを見ているわけではない。

彼は、遠くを見つめていた。

深月の知らない、どこか遠くを……。

「……ねえ、キリヤ」

「はい」

「あのさ、婚約して、一緒に暮らしておいて、本当に今さらなんだけどさ」

「はい。なんでしょう」

「あのね…………………私、キリヤのこと、全然知らないんだけど」

「……えーと。それ、どうかと思います」

「ね、どうかと思うよね……」

二人揃って、クレープを食べながら肯き合う。

深月は、キリヤの過去を知らない。

というか、イケメンで家事万能な魔法使い（25）だということ以外、何も知らない。彼がどこの誰かも知らないまま家に上げた挙句、婚約までした——が、現在に至るまで彼の素性を追求したことがなかったのだ。

「そう言えば、深月さんから訊かれたこともなかったですね」

「でしょ？」

言いながら、思わず深月は苦笑する。

何かそういう魔法をかけた、とキリヤに言われたら信じられるくらいの油断だ。深月が元々そういうことを気にしない人間であれば、おかしくはない。

けれど、今までは、そんなこともなかったのだ。

どこ出身で、どんな学生時代を過ごして、どういう会社に勤めていてとか、少なくとも婚約を考えるような相手については、絶対に気にしていたはずなのである。

なのに今、ほぼ何も知らない相手と婚約している。

深月は、そんな自分が不可解でならない。

結婚コンサルタントとしての経験が、まるで己に活きていないのだ。せめて会員さんに書いてもらっている自社仕様の婚活プロフィール――出身とか、勤務先とか――の項目くらいは気にしなさい、と本当に今さら思う。が、かなり遅い。

相手が悪い人間だったら、手遅れになっているところだ。

「ちょっと前にも思ったんだけど、どうしてこんなに安心しきっていられたのか、私、分かんなかったんだよね。けど、今は分かるよ。というか、さっき気づいたんだけど」

そんな深月の言葉に、キリヤはわずかに考えてから、「イケメンで家事ができるからですかね？」と真面目に返した。

自分で自分をイケメンだと言ってしまう彼は、いっそ清々しいと深月は思う。

「それは否定できないし、それだけが理由でもいいんだけどさ……」

「けど？」

深月は、もぐもぐ、と手元のクレープを完食してから、キリヤに向き直る。

「キリヤは私のこと、最初からずっと、よく気にかけてくれてたなって。だから私、いつも快適だったんだと思う。あなたがいつも、自分のことより私のことを考えてくれてるって、無意識に感じてたから……。だから、きっと、安心できたんだと思う」

今食べたクレープだって「深月さん、お腹空きませんか？」と深月の空腹に気づいて買ってきてくれたのだ。

電車での移動中だってそうだ。人混みから庇（かば）うように位置取ってくれて、席が空けば先に深月を座らせてくれた。

家の中だけではなく、彼は外でも気を利かせてくれていたのに……。

「なのに私は、ちょっと前までキリヤのこと、空気みたいに思ってた。ひどい言い方をすれば、家政夫さんとか、本当に自分に都合がいいだけの存在みたいに」

今の深月には、なぜ自分が彼の素性を知ろうともしなかったのかが分かる。

最初は彼に、興味関心がなかったのだ、と。

〝契約結婚〟に都合のいい相手。自分に都合がいいだけの相手。

身も蓋もない言い方をすれば、キリヤに対して、そういう認識を抱いていた。

彼が家にいてくれて、おいしい食事を作ってくれて、掃除洗濯をこなしてくれて
――そういう自分に心地いい環境さえあればよくて、彼の過去はいらなかった。

だから、キリヤが苦手なことなどにも疎（うと）かったのだ。

その結果が、今日のデートである。

知っていたら、知ろうとしていたら、彼が苦手な状況を生み出すこともなかったのに、と深月は反省する。

「……ごめんなさい」

立ち止まって、深月は深々と頭を下げた。

「いや、それも深月さんが謝ることではないです。だって、そういう関係でもいいからって、あの夜お願いしたのは僕の方で――」

「あ、あのね！　でも、今は違うの！」

バッと顔を上げた深月は、キリヤの目を見て告げる。

「空気だとか家政夫さんだとか、もうそんな風に思ってない！　私、キリヤのこと……もっと知りたいって思ってる……」

深月は、自分の頬が熱くなっているのを感じた。

胸の奥の心臓も、激しくどきどきと脈打っているのが分かる。

まるで、少女時代にでも戻って、好きな人に告白したようだった。

恥ずかしくて恥ずかしくて、自分で告げたくせに返事が怖くて、膝から力が抜けそうになる。年上の余裕なんてものは、家に忘れてきてしまったらしい。

キリヤが口を開く前に、この場から逃げ出してしまいたいくらいだった。

「……って、思った、の……だけど……。あの、嫌なら無理には訊かないから……」

緊張に耐えかねた二十九歳の深月は、そう予防線を張った。

教えたくない、とか、知られたくない、とか。

そういう拒絶の言葉が返ってきたらと思うと、恐ろしくて堪らなくなったのだ。

つい先日まで、まるでそんな懸念など考えたことすらなかったというのに。きっと「そっかー言いたくないこともあるよねー」くらい、軽く受け止められていただろうに……。

（……あれ？　どうしよう。まさかと思ってたけど、私……）

自分の心の奥底に芽生えた感情。胸が締めつけられるような、微かな苦しさ。

それがなんなのか、深月が確認しようとした時だった。

キリヤが、クレープの残りを口に押し込んだ。

彼はそれを、もぐもぐ、ごくん、と急ぐように飲み込んで——。

「——桐谷充、現在二十五歳。職業は、主に魔法使い。生まれも育ちも東京で、小中高大もずっと都内の学校に通ってました。実家も都内にあって両親は健在ですが、ご存じのように帰ってません」

「……は？」

突然キリヤが口にした話に、一瞬、深月は混乱した。

その深月の様子がおかしかったのか、キリヤは笑いを堪えるように口の端を上げている。

「僕のパーソナル情報をザッと並べてみました」

「いやいやいやいや。すごく普通の人っぽいんだけど。帰る家がないって言ってたのに、実家とかも、なんか普通にあるし」

「実家とはいろいろありまして、長いこと帰ってないんです。だから、嘘はついてなかったんですが……。まあ、こんな感じで、みんな誤解するんですけど、僕だって普通の人なんですよ。ただ、ちょっと、魔法が使えるだけで」

「ごめん。びっくりして……。なんかこう、もっと得体の知れない情報が出てくるのかとばかり……」

「そういうのを素直に言ってくれる深月さんだから、僕も安心しちゃうんでしょうね」

くすす、と堪えきれなくなった笑いをキリヤはこぼす。

それから、呼吸を落ち着けるように、一つ頷いて、

「……だから、余計な過去の話も、してもいいかなって気になってしまいます」

そう内緒話でもするように、深月に囁いた。

さあっ、と秋の風が、木々の葉を揺らしていく。

深月以外の誰にも、キリヤの話を聞かせまいとするように。まるで、世界が彼を守

っているかのように。

「深月さん、魔法使いは、幸せだと思いますか?」

キリヤが、ぽつりと呟きを落とすように尋ねた。

うん、と頷いてから、深月はキリヤの寂しげな表情に気づく。

彼が今にも泣いてしまいそうに見えたのだ。

まるで、愛してくれているはずの世界から見放されてしまった者のように。

「幸せじゃ、ないの……?」

深月はおずおずと訊ねる。

その問いに、キリヤは自嘲気味に微笑み、目を伏せ、

「……子供の頃の僕は、世界が好きでした」

そう、静かに語り始めた。

「物心つく頃には魔法が使えて、僕はなんでもできました。世界が僕を愛してくれているって、そう、なんの疑いもなく思えました。だから、そのお返しに、世界を幸せにしたいと思っていたんです」

過去形なんだ、と話に耳を傾けながら深月は思う。

その理由を、キリヤは教えてくれた。

「子供の頃の僕にとっては、他人も世界の一部でした。だから困っている人がいれば、魔法を使って助けていた。魔法は奇跡を起こせるから、使える僕が使えない人のために惜しまず使おうって。でも、そのうち、噛み合わなくなってきたんです」

「噛み合わなく?」

「……人が、僕に魔法を求めるようになりました」

そう言ったキリヤは、微笑んでいる。

けれど、深月には彼が酷く傷ついた人の顔をしているように見えた。

鋭いガラス片で、小さな切り傷を、たくさん、たくさん、無防備に晒された肌に数え切れないほど付けられてきたような痛々しさが、彼から血のように滲(にじ)んでいた。

「違和感を感じ始めたのは、園児だった頃です。友達が、いつも僕にだけお片付けをやらせるようになりました。『みつる君、おかたづけ早いから、おねがい』って」

遠くの方で無邪気な子供たちの声がした。海の目と鼻の先に大きな芝生の広場があるので、そこで遊んでいるのかもしれない。

賑やかな声を遠くに聞きながら、キリヤは淡々と話す。

「小中高に進んで……学校では黒板消しや催し事の片付けなどの雑務を自然と押し付けられるようになったんです。変ですよね、僕が魔法使いだって誰にも教えてなかったのに。みんな、いつしか僕に任せることが当然になって、感謝すらされなくなりました。そのうちなんのためにやっているのか分からなくなって、世界が嫌いになり始めました。親から離れたのも、その頃でした。……で、人間不信のトドメが、女性です」

「えっ⁉」

唐突に過去の女性関係の話が飛び出し、深月は慌てた。

心の準備をさせて欲しかったが、そんなことを言ってこの話の流れを止めたら、二度と聞けなくなってしまいそうだから我慢する。

「それって、元……彼女……？」

だから、恐る恐る深月は尋ねた。

キリヤの年齢は、二十五歳。立派な大人だ。

しかもこの見た目である。元カノだろうが元カレだろうが、一人や二人いたとしても全然普通だろう。以前にもそう思ったはずだ。

……が、そうは分かっていても、なんとなく、心がしくしくしてしまう。

長く付き合った彼女がいたのだろうか、とか、その人のことを今でも想っていたりするのかな、とか。

中学生じゃあるまいし、と深月は自分に言い聞かせてキリヤの答えを待った……が。

「それが、どなたも一ヶ月も保ったことがないので、そう呼んでいいものか迷います」

「どなたもって……。あの、なんでそんなことに」

感慨深さの欠片も見せないキリヤに、深月は肩透かしにあった気分だった。

思っていた以上に、キリヤの交際は淡白だったらしい。

だって、彼と深月は既に一ヶ月、同じ屋根の下で暮らせている。婚約を交際に含めれば、深月が彼の交際最長記録を更新中ということになってしまうのだが。

「僕、ダメ人間製造機なんですよ」

はい？　と深月は一瞬、思考が停止してしまった。

「それは、どういう意味？」

「僕と付き合った人たちは、最初こそ真人間のようでした。が、そのうち魔法を使うことを拒むと――つまり、僕が期待通りに利用されることを拒むと、嫌な面を見せるようになってきたんです」

「嫌な面って、どんな？」

「『今までやってくれてたじゃない！』とか『どうしてやってくれないの！』というように、怒ったり罵ったり……。でもそれは、きっと僕のせいなんです。僕が、魔法でやってあげてしまったから。甘やかして、自分でできない人にしてしまったから。だから――」

「そんなことないよっ！」

深月は思わず大声で反論した。

自らの手のひらを悲しげに見つめていたキリヤが、その声にポカンとした顔を上げる。

「だって、キリヤは善意でやってあげてたのに、みんなが甘えただけでしょ。キリヤがダメにしたわけじゃなくて、お酒で本性が出るみたいに、その人たちが元々ダメだったのが表に出てきただけじゃない。なんでもやってもらって当たり前みたいになったら、そりゃもう嫌だーってなるよ。頼られるのって、確かに嬉しいけど……。でも！　別にそれが当たり前だとは思って欲しくないっていうか！」

「えっと……。どうして深月さんが怒るんですか？」

キリヤに不思議そうに尋ねられて、はた、と深月は冷静になった。

それからバツの悪さを誤魔化すべく「こほん」と一つ咳払いし、怒りの理由を説明する。

「それは……私も、身に覚えがありまくりだから……」

今の職場での立ち位置もまさにそうなのだが、深月の頼られ体質は子供の頃からだ。

なぜか、なんでも頼まれた。

それをこなすと、さらに頼みごとが追加される。

それをこなして、受けて、こなして……と繰り返していくうちに、気づけば深月がやって当然と思われるようになってしまうのだ。そういう現象、もとい呪いの下に、深月は生きてきた。抜け出そうともしたが、結局、今でも同じ状態のままだ。

「で、キリヤの話を聞いて、自分のことかと思っちゃって」

「深月さん、僕にも愚痴らないですけど、結構な苦労人ですもんね」

「ええ？　どこからそう判断したの……？」

「タロウとジョーが、外で深月さんを見かけた時にそう思ったって。あと、ご友人が家にいらした時に話していらっしゃったことから……。まあ、仕事が大変そうだってことくらいしか聞いてないですけどね」

明美と陽菜は何を話したのだろう、と深月が不安に思う前に、キリヤがそう答えてくれた。仕事の話ならば、まあ、恥ずかしがるような話でもないだろう……と、話した友人二人を信じたい。

「っていうか、私はいいの？　キリヤに魔法であれこれしてもらっちゃってるけど」

「深月さんは、無理な要求をしませんし。それに、家に住まわせてもらって、生活費を出してもらって、魔力を貰ってますから」

「最後の魔力がよく分かんないんだけど……。でも、キリヤが嫌じゃないのなら、よかった」

「嫌じゃないですよ、全然。むしろ――」

ほっと息をついて微笑んだ深月に、キリヤは開きかけた口を噤んだ。

何やら、じっと深月を見つめてくる。

「な、なに？」

「……いいえ。ちょっと奮発しようかなって」

「奮発？　何を？」

「さあ、なんでしょう」

はぐらかすように笑って、キリヤは深月の手を取った。

「もう少し奥に行きましょう。誰も来ないところに」

「だ、誰も来ないところ？　え。な、なんで、そんなところに」

「そりゃあ、人に見られたら困ることをするためにですよ」

「えっ、え、あ、えぇ？」

思わず頬を赤らめて口をぱくぱくさせる深月。

その様子に気づいているのか否か、キリヤは深月の手を引き、人気のない茂みの奥へ奥へと軽い足取りで進む。

こうしてキリヤとちゃんと手を繋ぐのも、深月は初めてだった。

タロウとジョーと初顔合わせをした日に、転びそうになって取られた手。それを振り解いて以来、繋ぐ予兆すらなかったのに。

けれど、あれから季節も変わった。

秋風の冷たさに、手の温もりがあの頃よりもいっそうはっきりと感じられる。

それを深月が意識していると、やがて開けた場所に出た。

が、まったく人気がない。

先ほどは耳に届いていた子供たちの賑やかな遊び声も、すっかり聞こえなかった。

まるで別の空間に入り込んだかのようだ。深月とキリヤの気配しかない。

「本当に誰も来なさそうだね……」

「ええ。来ないですよ。魔法でそういう空間にしましたから」

「えっ、魔法、使ったの？」

「はい。ここは、タロウとジョーを深月さんに会わせたあの公園と同じ、異空間です。

好きに魔法を使っても、周りの人には見えないし、魔力も普段より消費することなく、いろいろできるんですよ――たとえば、こんな風に」

キリヤは空に向かって手を広げた。

と同時に、辺りがすうっと暗くなり、夜の世界になる。

まるで先ほどまで歩いていた公園内より、一足先に時間が進んだようだ。

さらにキリヤは、足元に落ちていた木の枝を拾い上げた。

それを指揮棒のように一振りする。

……と、その枝の先端から、パッ、と光の雫が飛び散った。

それが星々の煌めきのように絶えずきらきらと輝いて宙を彩り、描くように星座を浮かび上がらせる。

思わず見惚れていた深月の目の前を、キラリ、と流れ星が横切っていった。

「わ、プラネタリウムみたい！　きれい……」

「それだけじゃないですよ。今度は――〝水族館〟です」

キリヤが木の枝を振ると、海辺の方から、魚の影のような無数の光が、宙を泳ぐように飛んできた。くるくる、ぐるぐる、と海中で銀色のイワシの群れが竜巻のような渦を作るように、その光の魚たちが深月たちの周りを飛び回り、空へと昇ってゆく。

その渦の壁の外を巨大なエイやイルカ、しまいには鯨(くじら)までもが悠々と泳いでいるのが見えた。

やがてそれらがすべて天頂に吸い込まれ、辺りが暗闇に戻ったと思った瞬間、

パンッ

花火が弾けたかのような音と閃光に、深月は「きゃ」と驚いて目を瞑る。

再び目を開けると、細かく砕けた光の雨が、深月たちの頭上に降り注いでいた。

きらきら、きらきら、と、その光の雨は、雪のようにゆっくりと落ちてきて、深月たちの周囲にふわふわと漂い――やがて、音もなく静かに消えた。

深月の目の前に残ったのは、黒髪の魔法使いが一人。

ショーの終わりを告げるように、彼は慇懃(いんぎん)な礼をしてみせた。

「す――……ごかった！」

頬を紅潮させたまま、深月はキリヤを見て、興奮のままに賞賛した。

人生で初めて目にする、世にも美しい絶景だった。流星群の夜に空を見上げていたこともあるが、ここまでの感動はなかった。

「マジックっていうか、イリュージョンっていうか……いや、やっぱり魔法か！　すごい！　キリヤ、すごかった！　もう感動でどうにかなりそうだった！」

「喜んでいただけたなら、僕もやってよかったです」

えへへ、とキリヤが照れくさそうに頭を掻いた。

「でも、魔力って、キリヤの活動エネルギーみたいなものなんでしょう？　さっきの名刺の花びらといい、今といい、こんなに大盤振る舞いで使っちゃっていいの？」

「それはほら、深月さんが今日は魔力をたくさんくれてるからって」

「でも、節約しておいた方がよかったりしない？」

「それは確かにそうなんですけど……。なんでしょう。さっきもなんですけど、なんていうか」

「なんていうか？」

「僕、深月さんに、笑って欲しくて」

キリヤが少し照れたように微笑む。

それを前に、ああ心臓がうるさい、と深月は思った。

このドキドキは、光の魔法ショーで喚起された興奮と感動の余韻なのだろう。

……そうでなければ、キリヤに対して感じているトキメキということになってしまう。

でも、好きとか、そういう恋愛感情はなかったはずだ。

もっとドライに彼を見ていたはずだ。

少なくとも、彼を助けた日に一目惚れしたという記憶はない。顔は確かに好みだったが、道端で行き倒れていた不審者と魔法使いというインパクトが強すぎて、正直、異性として見始めたのは——。

(——……しまった。今日からってわけでもなかった)

まだキリヤが風呂上がりに暑がっていた頃。あの時、彼の匂いをベッドで感じて、明確にドキドキしてしまったのを思い出してしまった。

深月はブンブンと頭を振る。

順を追って考えると深みにハマる気がしたので、忘れることにした。これ以上は、考えない、考えない……。

「あの、深月さん。頭、どうかしましたか？」

「あ、いや、なんでもないっ！　あ！　っていうか、今日、ここが一番よかった！」

「そうですか。じゃあ、やっぱりここに来て正解でした」

「ねえ、キリヤ。ここに来て魔法を使ってくれたのは……もしかして、私がプラネタリウムと水族館に行きたがってたことに、気づいてたの……？」

行きたい、とは言わなかったのに。

深月が尋ねると、キリヤはふっと微笑みを浮かべた。

「本当は両方とも連れて行ってあげたかったんですけど、時間的に行くのは難しかったので。こんな形でも、喜んでもらえたならいいんですが」

「喜ばないわけがないよ！　だって、感動で、まだ手が震えてるもん！　キリヤのおかげで、すごく楽しかった」

「僕も、深月さんのおかげで楽しめました」

「キリヤは魔法で楽しませてくれたけど、私は、何も……」

「いえ。深月さんが僕のことを気遣ってくれたから、ここに移動できたわけですし。まあ、深月さんのデートプランと比べたら、何もない場所ですけどね」

「そんなことないよ。それに私、場所がどこでも、キリヤが一緒だったら楽しいってこと分かっ――……あ」

「どうかしましたか？」

「それだ、と思って……。うん。そうだよ。そう思う！」

深月は一人で激しく納得し始めた。

デートをする上で、とても大事なことを見つけた気がしたからだ。

傍らのキリヤは「それ？　そう？」と困惑していた。

思い当たらなくて当然の彼に、深月は自分の気づきを説明する。

「あのね、仕事のこと。ちゃんと会員さんにデートのアドバイスできそうだなって」

「ああ、そのことでしたか。それはよかったです」

「これもキリヤのおかげだよ。ありがとう！」

深月が感謝の言葉を告げると、それも魔法使いの魔力になったのかもしれない。

キリヤは嬉しそうに「どういたしまして」と笑顔で応えた。

◆◆◆

週が明けて、月曜日。

その日の午後、深月は件の男性会員と打ち合わせをした。

「――と、先日お話しした人気のデートスポットについてですが、この辺りとか、この辺りは婚活デートで人気の定番スポットです」

先日、下見で回ったエリアマップを見せ、深月は説明する。

男性は示されたスポットを見て、ふむふむ、と頷いた。

「なるほど、確かにカップルが多いイメージがありますね」

「ええ。お二人の好み的にも合うかと思いますので、デートコースに組み込まれてはいかがでしょう。どこに行けばいい、という正解はないと思うので、むしろ話し合ってご予定を決めるのも、今後のことを考えた場合、よいかと思います」

「今後のこと……そうですね。もし結婚したら――あ、もしですよ！　いろいろとお互いに相談して決めてかなきゃですもんね」

照れつつ話す男性に、深月は笑顔で頷いた。

男性の期待と幸せな感情が伝わって来て、深月の方もわくわくしてくる。

「高山さん。あとは何か、デートで気をつけること、ありませんか？」

「服装はさっきお話ししたような感じでいいと思いますし、時間帯も……そうだ！　これは私個人の経験からなのですが」

そこで深月は、一昨日したばかりの経験と、そこからの学びを思い出した。

一番大事で、伝えたいと思っていたことだ。

「〝どこでデートするか〟ということ以上に、お二人の性格やお気持ちに合わせて、〝どう過ごされるか〟が一番大事なんじゃないかなって思います」

深月は、歯切れのいい口調でそう言った。

世間一般的に人気の場所も、定番とされるデートコースも、デートをする二人に合っていなければ意味がない。それこそ、キリヤが提案したような自宅デートや、近所で過ごした方がいい場合だってあるのだ。

「お二人がお二人とも『楽しい』って思えるのが、きっと最高のデートですよ」

先日とは打って変わり、自信を持って発言した深月。

その言葉に、男性も「確かにそうですね！」と目を輝かせた。

「分かりました、高山さん。楽しいデートにできるよう心がけます」

「ええ、応援してますね！」

「ありがとうございます！　いい報告ができるように頑張ってきますね！」

言って、男性会員は、意気揚々と深月の相談ブースを出ていった。

「ご成婚に繋がるデートになるといいなぁ……」

男性がいなくなったブースで、深月は一人呟いた。

互いに楽しく過ごすこと。

一緒に過ごす相手を思いやること。

それが、デートをする上では一番大事なことなのではないか、と深月は学んだ。

そしてそれは、もしかしたら結婚生活も同じなのかもしれない、と。

◆◆◆

数日後。男性会員から報告が届いた。

「あのね！　デートが成功したみたいで、お客さん、結婚を前提にお付き合いすることになったんだって！」

就業時間が終わり自宅へ帰ると、深月はさっそくその吉報をキリヤに報告した。

「ああ、それはよかったですね。めでたい話です」

「ねー。私も嬉しいなー」

ほくほくしている深月だったが、対して、キリヤの反応は薄い。

というか、夕飯の準備をしている彼は、元気がないように見える。魔法も、ちょっとキラキラしていない。

「キリヤ、どこか具合悪い？」

「いえ。どこぞの男性会員さんは、進展してよかったですねーと思ったもので」

棒読みのキリヤに、深月は冷や汗をかいた。

具合ではなく、悪かったのは機嫌のようだ。しかも、深月絡み。

（他の人の結婚で浮かれてる場合じゃなかった。私、婚約状態でキリヤを待たせてるようなものなのに……）

己のデリカシーのなさを深月は反省した。

婚約の先があることをあまり考えていなかったので、非常に体面が悪い。

恋に燃料を注げば燃えてすぐゴールインできたりするのかもしれないが、キリヤとの関係は穏やかすぎて、深月は時々ゴールを忘れそうになるのだ。

が、キリヤはしっかり覚えているらしい。

深月との契約結婚は、魔法使いの彼にとっては死活問題なのだから、当然だろう。

「あの……キリヤ……その……もう少し待ってもらえるかな、結論」

拗ねたキリヤの横顔を前に、深月はそう絞り出すように頼んだ。

「……それは構いませんけど」

「ん。ありがとう」

「ただ、まだ即決できない理由があるってことですよね。あの、深月さん。もしかして、僕のこと嫌いですか？」

「ううん、そんなことない、むしろ好――」

言いかけて、はた、と深月は固まった。

キリヤも驚いたような顔で深月を見返している。

「あの……深月さん、今――」

「待ってって言った。もう少し待って。いろいろと……待って」

深月は唇を引き結んだ。

その、これ以上は何も言わないから！　という意思表示に、キリヤも「分かりました」と素直に引き下がった。そうして彼は、調理中の手元へと視線を戻す。

そんな彼の横顔をちらりと見て、深月は足早に自室へと向かった。

扉を閉め、ルームウェアに着替えようと服を脱ぐ。そして、ぽつり、と呟いた。

「好き、なのかな。やっぱり……」

自分はキリヤに惹かれている――そう気づき始めた深月。

……しかし、相手の本当の気持ちに気づくのは、それからしばらく後のことだった。

第四章　旦那様（仮）の魔法

キリヤと出会って——つまり、彼と婚約をして、四ヶ月目に入った。
仕事と称し、二人で初めてそれらしいデートをしたのが、もう一ヶ月も前のことである。

……しかし深月は、未だキリヤの結婚契約書にサインできずにいた。

その理由は、決してネガティブなものではない。

キリヤは深月の生活にもはや欠かせない存在だし、彼の素性もデートの際に話してくれたのでほんのちょっとだけ分かった。もう少し知りたいが、それはおいおい聞いていく形で構わない。

なのに、契約結婚の契約書にサインできない理由は……。

「なぁなぁ！　とっととサインしちまえばいいじゃねーか！　こう！　バシッと！」

カラスのジョーが、電柱の上からそう言った。

先ほど会社からの帰り道で会ってから、彼は深月の頭上をバサバサと飛んでついてくる。すれ違った人たちには、きっとカラスに狙われた哀れな女だと思われているに違いない。

恐らくタロウあたりから話が伝わっているのだろう。出会って三秒後から、しきりにキリヤとの契約結婚の話をしてくる。あと、うるさい。

「なんでダメなんだ？　あいつのこと、好きなんじゃねーの？」

ジョーの言葉に、深月は思わず立ち止まった。

振り返れば、カァ、とジョーがひと鳴き。

今のは普通のカラスの鳴き声だったが、深月には「好きだろ？」という確認の言葉に感じられた。そのジョーは、返事を待つように、じーっと深月を見つめている。

「…………………」

深月は無言のまま、再び歩き始めた。

ジョーに話すと、どこにどう伝わるか分からないからだ。

以前、深月が道端で百円を拾ったところ、百万円に話を膨らまされてタロウに伝わっていた経験がある。しかもその百円玉は光り物好きなジョーに取られた。

「まあ、いいや！　悩みがあるならいつでも相談に乗るからな！　オレ、キリヤのことなら結構詳しいし」

「それなら先にタロウにするし」

「ヒューッ、冬の空気並みにクールだね！　……っとマジで寒くなってきたな。オレ帰るわ！　お前も気ィつけて帰れよ！」

「っていうか、家、もうすぐそこだし」

「おっ、話してたらすぐだな！　じゃ、カラスといっしょにかえりましょおう〜♪ってな！」

夕焼け小焼けを歌いながら、ジョーは騒がしく飛び去った。

「……ドライ……だったはずなんだけどなぁ……」

ジョーが消えた暮れなずむ空を見上げて、深月はぽつりと呟いた。

頭にあったのは、キリヤとの関係についてだ。

出会った当初、深月はキリヤに対して、魔法使い云々を除けば〝自分に都合のいい年下のイケメン〟という認識でしかなかった。メリットだデメリットだと話すキリヤに、正直なところ共感し、ビジネス的に捉えていた。

つまり、それ以上の感情など、なかったのだ。

なのに最近、深月はキリヤにときめいていると感じることが多くなった。

それは、キリヤに対して〝それ以上の感情〟が生まれてしまった証拠だろう。

恋した時の感覚は、深月も忘れて久しい。だが、キリヤとのデート以降、「確かこんな感じだったかもしれない」と忘却の彼方からそれを引っぱり出しつつある。

……好き、なのかもしれない。

もしそうなら、契約結婚について、もっと前向きに考えていいのかもしれない。

それでも未だ契約書にサインできずにいるのには、まだ心に引っ掛かることがあるからだ。

――それは、キリヤ側の気持ちが分からない、ということ。

キリヤは、魔力が貰える相手が欲しいと言った。

つまりそれは、深月じゃなくてもいいはずなのだ。

「……誰でもよかった、って結構寂しいよなぁ」

考えると、まるで胸の中を寒風が吹き抜けていくようだ。

あのままドライな関係だったら、今頃、悩まずに契約結婚できたかもしれない。

けれど、別の気持ちが生まれてしまった現在、キリヤとドライな婚姻関係を結ぶことに、気持ちの一方通行の虚しさに、自分が耐えられるのだろうか……という不安が拭えない。

「……分からないって言えば、私の願いって、なんだったんだろう?」

キリヤと出会った夜。

初対面の男性と二人きりの自宅で寝落ちしてしまうという失態を犯した際、口走ったという、深月の記憶にない〝願い〟。

キリヤは、契約結婚をしたら、魔法でそれを叶えてくれると言った。

彼の魔法でできることと、できないこと。深月にはその区別は判然としないが、少なくともそれは叶えられる願いらしい。

「っていうか。そもそも魔力って、なんなのかな」

魔力は生命エネルギーだ、とキリヤは説明していた。

けれど、それは別に寿命などを吸い取っているわけではないという。

さらに〝感謝する〟ということで与えられるものだ、と。でもそれだけじゃないとも言っていた。

褒めたりすることでも与えられるし、何か物を——水や絆創膏なんかでも——与えることは同様に効果的らしい。

そして、

「……『ちょっと恥ずかしいので』って、なんだ？」

だから言うのはやめておきますけど、と最初の説明でキリヤは明言を渋った。

恥ずかしいので秘密です、ともガードを重ねられたせいで、以降も、深くは追及できずにいる。タロウに訊いてみたこともあるが、「それは俺から話すことじゃないな」と意味深な態度で躱されてしまった。

「ジョーなら口軽そうだし、教えてくれたかな。訊けばよかったかも……。いや、でも訊いちゃいけないことなのかな……」

キリヤとの関係性。深月の願い。魔力とは何か。

考えて答えを出さなければいけないことが山積みだ。

そうこうしているうちに、自宅にたどり着いた。が、玄関ドアの前で立ち止まった拍子に、うーん、と再び考え込んでしまう。

と、その時、社用携帯が震えた。

ここ数日の経験上、見て確認しなくても、誰からのメールかは思い当たるようになっていた。今は見たくない気分だったが、仕方なく確認する。

差出人は、やはり予想した人物だった。

「憂鬱だなぁ……」

仕事の上でも考えることがある。

社会人ってホント大変、とため息を一つついて、深月は何事もなかったような顔を作る。それから、「ただいまー」と言って自宅へと入った。

いつものように、キッチンにいるキリヤから「おかえりなさい、深月さん」とお迎えの声がかかる。

……と、いつもと違うことが起きた。

深月の顔を見たキリヤが、炊事を魔法に任せてキッチンから出てきたのだ。

そして彼は、やおら両手で深月の頬を包み込む。

突然のことに「はひっ⁉」と深月は変な声を上げて固まった。

「なな、な、なにごと⁉　……あのこれ、なに⁉」

深月が真っ赤になっても、キリヤは真顔だ。

「いや、外、寒かったのかなって」

「えっ？　ほ、ほどほどに……？」

「具合が悪いとかはないですか？」

「え？　うん……。たぶん……？　なんで？」

「深月さんの顔が、いつもより青白かったので」

上から覗き込んでくるキリヤの目が、不安そうだった。

その表情に、深月の胸が、きゅ、と締めつけられたようになる。

隠していたはずの変調に気づいてくれたのも、なんだか嬉しい。けれど、あまり彼には心配をかけたくない、と深月は思った。

「あー……年末だから、疲れが出たのかもね」

「そうですか。無理、しないでくださいね。と言っても、深月さんは無理するだろうし、せめてご飯はたくさん食べてください。今日は鍋です」

「うん。食べる食べる」

「あと、悩みがあったら、僕に相談してくださいね」

言われて、深月は返事を躊躇った。

悩みならある……目下、顔を青白くしてしまうほどのものが。けれども……。

「……キリヤ、魔力って結局、何？」

「まさか、それが悩みですか？」

深月が「うん」と答えると、キリヤは「内緒ですって」と逃げるようにキッチンへと戻ってしまった。

それを脇目に、誤魔化せた、とホッとして深月も自室へ向かう。

扉を閉め——社用携帯に先ほど届いたメールを確認する。

とある男性会員からのメールだ。

それだけならば、別に普通によくあること。

……だが、問題なのは、その内容だった。

「『二十四日は空いてますか？』って、クリスマスイブなんですけど……」

ベッドに思わず倒れ込む。

空いてません、と一言だけ返して終わりにしたい。

が、そうつっけんどんに返すのは、お客様であるだけに難しい。

深月の目下の悩み……それは、とある顧客から言い寄られていることだった。

◆◆◆

クリスマスシーズンの十二月に入った現在、深月の職場は落ち着いていた。

人恋しくなるこの時期、一般的には婚活が盛んなイメージがあるかもしれない。

ところが、実際の結婚相談所や結婚コンサルティング会社の繁忙期は、それとはずれ込んでいたりする。

十二月は忘年会シーズンでもあり、師走（しわす）の名が示す通り、社会人にとっては往々にして多忙な時期だ。わざわざこの時期に婚活を始める人は少なく、むしろ年末を乗り切って、正月、実家に帰省した際に結婚を意識する人が多い。

ゆえに、一月の方が入会者は増えるのだ。

そのため十二月は会員の相談件数が減り、代わりに一人当たりの相談時間が伸びる傾向にあった。

それが今回の事故原因の一つだと、深月は現状を顧みて思っている。

「二十四日はお仕事だったんですね。すみません、もしスケジュールが空いているようでしたら、もうそれは運命というか、食事でも、と思ったのですが……。夜だけでも。だめ？　それなら翌日はどうですか？　だめなら、翌々日、年内で暇な日にでも」

ぐいぐい来るなぁ……、と深月は遠い目になる。

正面からの圧がものすごいので、椅子も、若干下げ気味に座っていた。

現在、深月は、とある男性会員の婚活相談を受けていた。……が、これを相談と呼べるなら、である。

男性の年齢は、三十代前半。

一見すると大人しそうな外見——いわゆる草食系である。

実際、本人も「人との会話が苦手です……」と最初に申告していた。人と目を合わせるのも苦手らしく、長めの前髪は視線を遮るためのようだった。服装は私服だが、上から下まで黒一色なので、印象は暗い。

しかし、深月とは年が近いこともあり、話題が通じることから安心感があったのだろう。会話が苦手だというのが嘘のように、よく喋った。深月が喋る暇もないくらいに。

入会手続きも説明を聞いたその日のうちに完了し、以来、定期的に訪れるようになった。とはいえ、入会からまだ二ヶ月も経っていないのだが、その間に深月への心の敷居はどんどん下がっていったようだ。

やがて結婚指輪をしていないことから、深月が独身であるとバレた。

「高山さん、独身なんですね！　そっか、じゃあ、アリなのかな……」

何がアリなのか深月にはサッパリだったが、男性は一人でそう嬉しそうに納得した。

それが、かれこれ十日ほど前のことである。

そしてそこから、今日のような調子で、深月は激しく言い寄られるようになってしまったのだ。

昨日、帰宅前に届いたメールも、この男性からだった。なんとかビジネスライクに返信したものの、昨日の今日でコレである。

他の相談者が少ないのをいいことに、最近、深月のブースを占有していることも多いのだが、同僚たちは自分たちの仕事で手一杯らしく、助けてくれない。

そもそも、いつもなら深月が助けるということもあり、皆そこまで心配に思っていないようだった。高山さんなら一人でなんとかできるだろう、と。

こういう時に上手く人に泣きつけない自分が、深月は恨めしい。

「も、もしご予定が空いてらっしゃるようでしたら、同じようにご予定が空いてらっしゃる女性会員の方とお会いしてみませんか？　何名か、いらっしゃるのですが」

「うーん……高山さん以外と会っても、上手く話せる気がしないんですよね」

「そんなことないと思いますよ！」

深月は必死だった。

というか、「婚活相談に来て、相談員を口説くだけで終わってどうする！　そこは頑張って他の女性と話してみようよ！」と心の中の深月がシャウトしている。

正直、一言で断りたい。

「婚約者がいるんです」と言えば、きっとこの不毛なやり取りも終わることだろう。

しかし、男性から核心を突くようなアプローチはされていないのだ。それなのに「婚約者がいるので」とは言えない。婚活を頑張っている顧客相手にそんな発言をすれば、「コンサルに婚約自慢をされた」などとクレームを入れられても文句は言えないだろう。

だから、のらりくらりと躱しつつ、隙あらば女性会員とのマッチングを勧めるという戦法で耐えているのだが、完全に消耗戦になり始めていた。とはいえ、消耗しているのは、深月だけのようだが。

しかしこの消耗戦も、丸一日続くわけではない。

「次のご予約が迫っているので」と深月が言っても粘り続ける彼だが、さすがに他の会員が実際にやって来ると、これ以上はだめだと理解はするようだった。

しぶしぶといった様子で重い腰を上げ、数秒間ブースの入り口に齧りつくようにして深月を見つめる。そんな風に、今生の別れのような名残惜しさを見せつけながらではあるが、一応は帰ってくれるのだ。

最初は、深月もこれで終わったとホッとした。

……ところが、そうは問屋が卸さないことを、最近の深月は知っている。

まず、社用携帯にメールが来る。

相談後に一通。さらになんでもない話題のメールが仕事中に数通。

だいたい帰宅した頃合いを見計らったタイミングで一通。そこで返信しようものなら、何往復かは続いてしまう……。

◆◆◆

「深月、最近、社内の噂で聞いたんだけど、なんか大変な客に当たっちゃったって？」

「もしかしてさー今のメールもそれー？」

ランチの際に、深月の社用携帯が震えたのを見た明美と陽菜が、心配そうに言った。

「あー、うん。変っていうか、なぜか言い寄られているというか」

「空気読めずにコンサル口説いてるんでしょ？」

「それを変っていうんだよー」

「うーん、それもそうか」

顧客の愚痴を言うことに、深月が軽く罪悪感を覚えていた時だった。

レストランの外から手を振ってくる、見覚えのある男性が。

「――……変だね。うん」

「うわあ……あれが噂の」

「深月ー、ストーカーされてないー……？」

深月が友人と一緒だったからだろう。男性は手を振っただけで去っていった。

が、直後に社用携帯が震えた。

見れば、男性からのメールである。

明美が「なんだって？」と恐ろしいものでも見るような目で言った。

「『今度、俺も一緒にランチしたいな！』って……」

「アカーン！」

「だめだめだめだめー！」

深月が読み上げた文面に、明美と陽菜が全力で首を振った。

二人とも、深月以上に怯えている。

「……深月。悪いこと言わないから、上司に相談して、担当代えてもらいな」

「そうだよね。そういう段階だよね、これ……」

「そうそうー。で、とっととキリヤさんと結婚しちゃえばいいよー」

「……なぜその話に」

陽菜の提案に、深月は怪訝な顔になる。

だが、明美は「あ、それいい」とあっさり同意した。

「深月が独身だからいけるって思ったんでしょ、あの人？」

「それっぽい、けど……」

「じゃあ、やっぱり結婚しちゃえばいいよー」

「ゆ、指輪とかテキトーに買って、嵌めてみるだけじゃだめかな」

提案をはぐらかそうとする深月に、明美が「なんでそんな及び腰なのよ」と指摘した。

「だいたい、キリヤさんだってあんなイケメンなんだし、あっちにストーカーが現れるかもしれないんだから、早いとこ籍入れちゃえばいいじゃん。結婚の形が多様化してる今だって、一応、法律的には婚姻関係って強いんだから」

「とりあえず、キリヤさんには状況を話しておいた方がいいと思うなー」

「う、うん……」

心配する明美と陽菜に、深月は素直に頷く。

キリヤも言ってくれていた。『悩みがあったら、僕に相談してくださいね』と。

「でも……自分でやれること、やってからかなって」

真剣な表情でそう口にした深月に、明美が「やれることって？」と尋ねる。

「明美が言ってくれたように、上司に直談判して、担当を代えてもらおうと思う。もちろん自分のお客様だし、最後まで責任を持ってサポートするのが筋なんだろうけど……。でも、このままじゃ私が邪魔になって、お客様だって決していい方向に進めないだろうから」

もう誰かに頼ってばかりの子供ではない。

コンサルタントとしての職歴こそ浅いが、社会人経験だったら七年もあるアラサーなのだ。自分の落とし前くらい、自分でつけられる。

何より、深月はキリヤに心配をかけたくなかった。きっと彼が心配してくれるだろうと思うからこそ……。

「うん。それがいいと思うよ」

「頑張れー。終わったら、お疲れ様会しようー」

明美と陽菜も、そう賛同してくれた。

(キリヤに知られてしまう前に、ちゃんと済ませよう……)

そう思った深月は、明日の午前中、出張から帰ってくる上司に相談することにした。

――と、決意した矢先のこと。

深月の危機感が一気に増してしまう出来事が起きた。

◆◆◆

それは、その日の終業後のこと。

会社を出て、いつもの道を自宅へ向かって歩き、交差点を横断した時だった。

背後で、「きゃっ」と声がして、深月は振り返る。

横断歩道の向こう側、女性が地面に座り込んでいた。

どうやら、近くの木から急降下してきたカラスに驚いて転倒してしまったらしい。

大丈夫かな、と様子を窺おうとした深月は、そこでギョッとした。

転倒した女性の傍に、件の男性会員がいたのだ。

膝を擦りむいてしまったらしい女性に、ハンカチを差し出している。しかし、深月と目が合った瞬間、顔を伏せつつ、そそくさと逃げるようにその場から離れていった。

（ま、まさか……尾けてきてた……？）

さあーっと深月は血の気が引くのを感じた。

さすがに怖くて、家に向かう歩みも早足になる。数十メートル置きに背後を振り返りながら、ようやく家にたどり着くと、深月は鍵を探すのももどかしくて、自宅のインターホンを押した。

数秒後、扉が開き、中からキリヤが顔を出した。

「おかえりなさい、深月さん。どうしたんですか、鍵でも忘れ——わっ」

深月はキリヤの腕に飛び込むようにして室内へと入った。

驚きながらも受け止めたキリヤが、かちゃん、と玄関に鍵をかける。

それから、深月の背中をぽんぽんと優しく叩いた。

「……どうか、しましたよね？」

「う、ん…………。した……」

「ストーカーに追いかけられたり？」

「うん、そう………………………………………………待って。なんで知ってるの？」

疑問に思った深月は、その瞬間、キリヤから離れた。

キリヤはというと、すっとぼけた様子で肩を竦めている。

「なんでって、僕を誰だと思ってるんですか。魔法使いですよ？」

「え、まさか、水晶玉とか覗いてた感じ？」

「いいえ。そもそも、僕の部屋にそんなものなかったでしょうが」

「いろいろ飾ってあったから見落としてたかもしれないし、もしかしたら、クローゼットとかに入ってたかもって……」

「ジョーですよ」

「え？」

「あいつが、深月さんの周辺を見張っててくれたんです」

「もしかして、さっき交差点で急降下してたカラスって……」

「きっとジョーですね。最近、深月さんの様子が変だったので、ついていてくれと僕が頼んでおきました。なので、深月さんが何に困っているのかも、おおよそ分かっているつもりです」

「ええと、それって……」

「客の男性に言い寄られているんですよね？」

「……はい」

深月は素直に白状した。キリヤには筒抜けだったらしい。ならば、今さら取り繕うだけ無駄だ。

「っていうか、それじゃ、まるでキリヤまでストーカーみたいなんだけど」

「それは否めませんね。四六時中、深月さんの監視をしてたようなものですし。それについては、すみません、謝ります――でも、ですよ」

頭を下げておいて、キリヤは深月をじとっと睨んだ。

それから、ずいっと顔を近づけ、深月に迫ってくる。

じりじりと逃げてみた深月だが、廊下だったので、すぐ壁に追いやられた。

「深月さんが、ちゃんと相談してくれないのもいけない」

「そ、それは……心配かけたくなくて……」

「黙っておかれる方がよっぽど心配です」

「……ごめんなさい」

キリヤの言う通りだと深月は思った。

状況が改善することを祈り黙っていたものの、改善どころか悪化しているのだから世話もない。もっと早くに相談しておくべきだったと思う。

「今度からは早めにお願いしますね。さて、情報が共有できたところで、深月さんにご相談なんですけど」

「は、はい。なんでしょう？」

「深月さんが困ってる件、僕がどうにかしましょうか」

「できる……の？」

一瞬、深月の脳裏に明美と陽菜が言っていた『結婚』の二文字が過る。

しかし、キリヤの提案はそういうものではないようだ。

「向こうがきれいに諦めてくれるように、上手いことやりましょう」

「上手いこと？　魔法で、とか？」

「とりあえず、僕にたくさんの力をくれたら頑張りますよ」

にっこり笑って、キリヤが提案してきた。

と、言われても、深月はどうしたらいいのか分からない。

「たくさんのって、コンビニデザート一年分、とか？」

「それも魅力的ではありますが。強いて言えば、あなたの信頼が欲しい」

「信頼……と、言われましても……」

それをどうやって与えればいいのだろう、と深月は頭を抱える。

信頼――信じて頼ること。

それは、簡単には生まれない概念。目に見えないものだ。

時間をかけて育むもの。

時間をかけた末でなければ、できないこと――。

「こんなことでいいのか、分からないけど……」

言って、深月はキリヤに抱きついた。

そのまま、ギュッと力を入れる。

「……ハグ、ですか？」

耳元でキリヤが困惑したような声を上げた。

まさかこれで終わりですか？　とでも言いたげな、肩透かしを食らったような反応だ。

しかし、深月にはこれで、わりといっぱいいっぱいだった。

年上の余裕とか、そんなもの今はない。どこかに忘れて置いてきてしまったのだと思う。

「わ、私は！　これでも大和撫子だからっ！」

……だからだろう。

そんなおかしなことを口走ってしまったのは。

「深月さん……は、大和撫子ですね。うん。違いない」

「そうでしょう⁉　だ、だから、信頼した人とじゃないと、ハグもできませんっ！」

叫ぶように宣言した瞬間、くす、とキリヤが笑った。

同時に、彼の腕が深月を抱きしめ返してきたので、深月は硬直する。

「ほっぺにちゅーくらいは期待したんですけどね。まあ、それは次の機会にでも。今はこれで十分です」

離れたキリヤは、嬉しそうな顔をしていた。

『魔力が満ちた』というような、そんな満足げな顔だ。

その顔が、真っ赤になって硬直している深月に、再び近づいてくる。

そうして彼は、深月の耳元に唇を寄せて、誓いの言葉を告げるように囁いた。

「あなたの婚約者の名にかけて……頑張りますから。期待していてくださいね」

◆◆◆

——「もうちょっとだけ、我慢できますか？」

キリヤにそう言われ、深月は翌日の上司への直談判を取りやめた。

相手が尾行までするストーカーなら担当を外れたところで付きまとわれるだろう、というのがキリヤの考えだった。深月も、その考えに同意だった。昨日の帰り道の一件があったため、明美と陽菜に相談した時よりも事態は深刻に思えた。

——「深月さんにとって一番いい方法で解決しましょう。そのためには、最適なタイミングを待たねばなりません。危険があれば、僕がすぐに助けに行きますから。どうか僕を信じて、その時を待ってください」

力強いそのキリヤの言葉を信じて、深月はその変化を待つことにした。

しかし、その日も翌日も翌々日も、男性会員はまたしても深月の職場にやって来た。

もしかしたら帰り道に見つかったことで自重してくれるかも……。そう深月は期待していたのだが、それで自重するような者ならば、とっくに空気を読んで、会員同士の婚活に勤しんでくれていたことだろう。

尾行の疑惑行為についても、素知らぬ様子だ。

なので、深月の方が勘違いしていたのではとさえ思えてきたりもした。が、帰り道に護衛をしてくれているジョーにそれを言ったところ、「バーカァ」とカラスの声でひと鳴きされたので、やはり勘違いなどではないようだ。

ちなみに、連日のメールも、止むことなく、ずっと続きっぱなし。正直、ホラーである。

もはや深月は生気を抜かれたように、状況が改善するのを諦めそうになっていた。

（キリヤは、信じて待ってて、って言ってたけど……でも……）

一体、いつまで待てばいいのか。

それに、あれからキリヤが何かをしてくれた気配もない。

してくれていないのであれば、男性会員の行動が変わらないのも当然と言えば当然だ。

（婚約者の名にかけて、とかすごくカッコいいこと言ってたのに……。期待、してたんだけどな……）

そこまで考えて、なんて虫のいいことを、と深月は自己嫌悪を覚えた。

だって、深月はキリヤを抱きしめただけなのだ。

それで事態がどうにかなるのなら、それこそ奇跡だろう。自分のハグにそこまでの価値があるかと訊かれたら、真顔で「ごめんなさい」と深月は言ってしまうかもしれない。

（やっぱり、自分でどうにかしなきゃ。折を見て上司に相談して、何か決定的なことがあったら、出るとこ出てでも――）

そう思っていると、案の定、男性会員がやって来た。なぜかいつもよりフォーマルな服装をしている。

だが、時計を見ると間もなく終業時間だ。

「高山さん、こんにちは」

「ど、どうも……」

「あ、もうじき終業時間ですよね！　……それに、今日はクリスマスイブですね」

その話題を出されて、深月はゾッとした。

目の前の男性のせいで時の流れをすっかり忘れていたが、確かに今日は二十四日、クリスマスイブである。

だからどうした、と口から出そうになるが、堪える。

でも、むしろ言ってしまった方がいいのかも、とも思い始めていた。

己の身を守れるのは、やはり己だけ。キリヤに――誰かに頼って助けてもらおうと思ったのが、間違いなのだ。

だって、今までだって深月はそうしてきた。

誰にも頼らないように、仕事も問題ごとも、自分でなんとか解決してきた。

それがどれだけ山積みになろうとも、他人の分まで山積みにされようとも、疲れてメンタルがボロボロになってたって、一人でどうにかしてきたのだ。

だから、今回だって、自分でどうにかしなきゃいけない。

……どうにか、するんだ。たとえ怖くても、頼れる人なんて、いないのだから。

「ところで、俺、いいレストラン知ってるんですけど、この後のご予定は――」

「いえ、あの、すみません。私――」

その時、深月は、頭が真っ白になった。

ブースの入り口。

そこに、絶世のイケメンが立っていたからだ。

「ああ、ごめん。まだ仕事中だったんだね、深月」

イケメンが深月の名を呼んで、にっこり微笑む。

品のあるグレーのスーツにブラックのコートを羽織った彼は、インテリ眼鏡をかけているし、変な色気があるし深月を呼び捨てしているし、髪型もきっちりと整っていて寝癖の一つもない――……が、間違いなくキリヤである。

え、え、と混乱する深月の傍ら、男性会員も闖入者に対して同じように混乱しているようだ。「だ、誰ですか？　お知り合いですか？」と慌てて深月に尋ねる。

「え、ええと、彼は――」

「どうも、深月の夫です」

未来の、とキリヤは忘れていたように付け足した。

と、同僚たちがブースを覗き込んでいるのが彼の背後に見えた。

突然現れたイケメンによる深月の夫発言に、皆、まだギリギリ仕事の時間だということも忘れて色めき立っている。

「仕事、終わるの待ってるから一緒に帰ろう」

「う、うん……」

「すみません、ご相談中に失礼しました。では」

「高山さん……ご結婚されてたんですか……？」

爽やかなキリヤの挨拶を遮って、男性が言った。

深月が答える前に「いえ、まだ婚約ですよ」とキリヤが補足する。

その彼の視線が「任せてください」と言ってきたので、深月は様子を見ることにした。

「まだ結婚はしていないので、お互い公言は控えていたのですが、でも、もう具体的な予定も考え始めたので、近いうちに夫婦になるんじゃないかなと。ねえ、深月？」

「えっ、あっ……はい！　そ、そうだねっ！」

「そう、だったんですか……。なるほど、そういう……」

俯（うつむ）いた男性が微かに震えている。

……キレたらどうしよう？　と深月は身構えた。

とりあえず一番近くにいるキリヤが危ないから、いつでも突き飛ばしてでも助けられるようにして……と真剣に対策方法を考えていると、

「………………………破談の可能性はないんでしょうか」

男性の口からとんでもない言葉が飛び出して、深月は「えっ？」と思わず声を上げてしまった。

周囲で見守っていたスタッフも、口をあんぐり開けて固まっている。

唯一、キリヤだけが涼し気なままだ。

「ほ、ほら、婚約って言っても、実は不満を抱えているとか、お互いの気持ちがない場合だって、あるかもしれないじゃないですか……。もし、そういう歪さがあるなら、結婚したっていずれ離婚する。だから、高山さんは幸せになれない」

男性に一息に言われて、深月はギクッとした。

呪いのような言葉に恐れたわけではない。

ただ、思うところがあったのだ。

キリヤがどう感じているかは分からないが、現状、深月の側に彼への不満はない。

けれど、〝お互いの気持ちがない〟という部分は、深月が現在、まさに悩んでいることだった。特に、キリヤ側の気持ちについては。

「そういうわけで、もし高山さんを幸せにできそうにないなら、今すぐ高山さんと別れてください。そうしたら、俺が代わりに高山さんを幸せに――」

「それには及びませんよ」

男性のめちゃくちゃな理論を遮るキリヤの声に、俯きかけていた深月はハッと顔を上げた。

と、キリヤに肩をぐっと抱き寄せられる。

そして彼は、周囲がハラハラしつつ見守る中、呆然とする男性に向かって言い放った。

「僕以上に深月を幸せにできる人なんて、世界中どこを探してもいませんから」

そのあまりにも堂々とした宣言に、一瞬、時間が止まった。

深月も男性も見守っていた周囲も、まるで魔法でもかけられたように固まっている。

全員、漏れなく顔が真っ赤だったが、深月が一番赤かった。

それくらい、キリヤの発言に衝撃を受けていたのだ。まさかそんなこと、公然と言ってくれるなんて……。

「……って言えば、僕たちの気持ちが確かなこと、分かってもらえますかね？」

キリヤが茶化すようににっこり笑いながら言って、一同の沈黙を破った。

と、真っ赤になっていた深月も、そこでハッと我に返る。

キリヤの発言に対する、男性の反応が心配になったのだ。

さらに過激な発言が飛び出したり、もしかしたら暴力沙汰になったりするかもしれない。そうなったら、やっぱりキリヤが一番危ないし、自分が彼を助けなきゃ――そんな風に、深月が構えていると、

「……………………………………………………………………すみませんでした」

男性が俯くようにしながら、深々と頭を下げた。

キリヤを守るため、突き飛ばしそうになっていた深月だが、すんでのところで堪える。

代わりに、なんとか疑問の声を絞り出した。

「え……と……それは、一体、何に対しての……」

「婚約者さんへの、今の失礼な発言です。それから、高山さんへのアプローチも。てっきり、そういうご予定はないと思っていたので、浮かれて会いに来たり、メールしたりして……。本当、すみませんでした」

男性の平身低頭な謝罪っぷりに、深月はまたしても頭が真っ白になった。

何が起きているのか、全然ついていけていない。

「高山さんみたいに話を聞いてくれる女性、他にいなくて……。それで、勘違いしてしまいました。でも、こんなに素敵な婚約者の方がいて、しかもお互いに愛し合っているのに、俺を相手にするはずないですよね……。っていうか、みんなやっぱりイケメンがいいんだ……」

ちょっと涙声になる男性。

お互いに愛し合っている、とはっきり言葉にして言われて、深月は再び真っ赤になった。

しかし、同時に、話の雲行きが怪しくなってきたような……と不安になる。

大丈夫だろうか、とキリヤを見た。

至って経過良好、順調ですよ――彼は、そんな余裕の表情をしていた。

「俺なんて、顔も年収も平均以下だし、こんな俺でも好きになってくれるかもって思った高山さんにはもうとっくに結婚の予定があるし、彼女いない歴イコール年齢だし、俺なんて、一生、誰とも結婚できないんだっ！」

男性が苦いものを吐き捨てるように叫んだ。

……まずい、このままだと男性が自棄になってしまうかも。

そう焦った深月が声をかけようとした時だった。

「そんなことないと思いますけど」

キリヤが、そう口にした。

その態度は平然としており、先ほど言い放った宣言同様、至極当たり前のことを言ったという様子だ。

「な、何を根拠にそんなことを！　だいたい、あなたみたいなイケメンに俺の何が分かる――」

「分かりますよ」

その一言で、キリヤは声を荒らげ始めた男性を黙らせた。それから、

「だって、お優しい方だって伺ってますからね」

と、にっこり穏やかに微笑んだ。

その無邪気な笑顔に、男性は毒気を抜かれたらしい。

野次馬をしていた同僚たちも、無意識にため息を漏らしている。

「……伺ってるって、誰からですか？　高山さんから？」

そんな中、男性が訝るようにキリヤに尋ねた。

深月も、そうそう、誰から？　私じゃないよね？　とキリヤに視線で訴える。

「そうですねー……」

キリヤは考えるように窓の外を眺めた。

いや、まさか今考えてるわけ？　と深月は内心、冷や汗でだらだらになる。

だが、キリヤは一つ自信ありげに頷き、

「僕があなたを宥めようとテキトーなことを言ってるとお思いでしたら、今からぜひ、駅へ向かってください。その途中で、きっと僕の言葉が嘘ではなかったと実感されることでしょうから」

キリヤは「ね？」と男性に念押しするように言った。

男性はしばらく不審気な目でキリヤを見ていた。彼の発言の真意を探ろうとするように。

だが、考えてみたところで無駄だと諦めたらしい。

「……分かりました」

一言そう言って、男性はブースを出ていった。

深月が窓の外に目をやると、すぐに男性が駅の方へと歩いていくのが見えた。その視界を、ふっ、と黒くて大きい鳥が過る。

（あれ、今のって……）

深月の思考を遮るように、ちょうどその時、終業時間となった。

「ちょっと、高山さん！　結婚するなら教えてよね！」

「また、すっごいイケメン捕まえて！　なんかお熱いことも言ってたし、こっちまでときめいちゃったわ〜！」

「最近ツヤツヤしてると思ったら、なるほど、なるほど……」

同僚たちから詰めよられ、あはは、と深月は笑って誤魔化す。

しまいには「っていうか、クリスマスイブでしょ！」、「婚約者さん待たせちゃだめよ！」と職場を追い出された。

メリークリスマ〜ス！　という声を背に、深月はキリヤと共に会社の外へ。

「……助かりました。ありがとう、キリヤ」

隣を見ると、キリヤがインテリ眼鏡の奥で目を細めた。

どうやら度が入っていない伊達眼鏡のようだが、本当になんでも似合う。サンタ服でも軽く着こなしてしまいそうである。

「っていうか、キリヤ。さっきのどういうこと？」

「これから駅に向かえ、ってやつですか？」

うん、と深月は不安に頷く。

修羅場を回避して無事に職場を出られたことに深月はホッとしたが、まだ完全に終わったわけではないのだ。

あれから男性がどうなったのか。

それ次第では、より揉める可能性もある。

「深月さんは心配性ですからね。いつかのタロウではありませんが、百聞は一見に如かず——説明するより、見た方が早いでしょう。というわけで」

行きましょうか、と言って、キリヤは腕を差し出して来た。

「……手じゃないんだ」

「この格好だと、手を繋ぐより、腕を組んだ方がいいんじゃないかなって思いまして。手の方がよかったですか?」

「い、いーえっ。これでいいしっ」

深月は照れ隠しに、差し出されたキリヤの腕にしがみつく。

そうして、満足げな彼と一緒に、駅方面に歩き出した。

男性がブースを出てから深月たちが出るまでの間は、同僚たちのお節介のおかげで五分ほどしか空いていない。

キリヤの歩幅に合わせて深月が早足で歩いていると、やがて、先日ジョーが急降下した交差点が見えて来た。

そこに、件の男性の姿があった。

が、一人ではない。若い女性が一緒だ。

「……あれ? あれって、確か」

立ち止まったキリヤの隣で深月は呟く。

男性と一緒にいたのは、先日この交差点でジョーに驚き転んだ女性だ。

その女性が、男性に話しかけている。

服装はコートを着込んでいて分からないが、髪は美容室でしてもらったようにきれいにセットしてあった。

　手元には、何やらお洒落なラッピングをした紙袋が。

「『あのっ、先日、転んだ時に助けていただいた者です。ありがとうございました』、『ああ、あの時の……。大丈夫でしたか？』、『はい。それで、このハンカチお返ししたくて……。あと、これ、つまらないものですが、お礼です』、『そんな、別に気にしなくてよかったのに』、『いいえ、そういうわけには。……それに、私あなたのことが気になって』、『えっ、俺のことが⁉』、『はい。お優しい方なんだなって、あの日から忘れられなくて』、『それならこのあとディナー行きませんか！』、『ええ、喜んで！』——って感じだな！　……うへぇ」

　どこから飛んできたのか、ジョーがイルミネーションの輝く木の枝に留まり、わざわざ余すところなく男女の会話を報告してくれた。

　おかげで深月たちにも、彼らの状況がよく分かった。

　ただ、ジョーの報告は芝居がかり過ぎていて、若干、演出過多である。ついでに、自分でやってて胸焼けを起こす姿は、一人コントみたいでおかしい。

「す、すごい、なんか電撃的にまとまってるし……。でも、キリヤ、なんであの女の人がいるって分かったの？」

「もちろん、オレが見てたからサ！」

鳩胸のハトもびっくりするくらいに胸を張って、ジョーがドヤッた。

「あの姉ちゃん、ハンカチ渡されたことで、あの野郎に運命感じちゃったみてーでさ。あれから毎日ここに来てて……。で、今日の昼間は、姉ちゃん、友達の結婚式でよ」

「そして男性は、深月さんにOKを貰えることを期待して、今夜レストランを予約していました」

キリヤに言われて、深月は男性が普段と違う服装だったことに合点がいった。

クリスマスイブに予約して行くようなレストランなら、あれくらいフォーマルでちょうどいいだろう。そして、あの女性の方も……。

「そんな感じで、今夜はあの二人が出会ったら、そのままディナーに行けるという、お膳立てされたような〝運命的な〟タイミングでした。ですので、女性が現れたのを深月さんの職場までジョーに知らせに来てもらい、僕は男性を送り出した……というわけです」

なるほど、と深月は納得した。

キリヤは当てずっぽうでテキトーなことを言ったわけではなかったらしい。先ほど視界を過った黒い鳥は、やはりジョーだったのだ。

「いつまで待てばいい、と深月さんに伝えられなかったのは、すみませんでした。男性がレストランの予約日を決めかねていたこともありまして」

「今日か明日か、年内か、みたいな？」

「ええ、その通り。深月さんの様子見をしていたようです。でも、やっぱり一番いいタイミングを選んでくれましたよ」

あの女性と結ばれるための、とキリヤが付け足す。

それを聞きながら、深月はまじまじと交差点の男女を眺めた。

「あの女の人、うちの会員さんに好意あるんだ」

「そうみたいですね。あの男性、思い込んだら周りが見えなくなるタイプで、深月さんしか見えてなかったから、出会いにも気づいてなかったようで。だからジョーは、人間の声真似をしたり物を落としたりして、ここ数日、二人の接点を作ろうと頑張ってたようですよ」

深月がジョーを見ると、彼は気恥ずかしそうに、プイッと後ろを向いてしまった。

「……オレが狙ったのは深月を怖がらせてた野郎の方だったんだけど、間接的にあの姉ちゃん怪我させちまったからさ。これが償いになればと思ったんだけどよ……。いいかな？」

ジョーが誰に許しを求めたのかは、分からない。

キリヤはというと、すまし顔で黙ったままだ。なので、深月が代わりに答えた。

「あの女の人、嬉しそうだし。キューピッドみたいでいいと思うよ」

「……オレ、羽めっちゃ黒いけどな？」

「少なくとも私よりは全然キューピッドだよ。うう、私、結婚コンサルなのに……」

縁結びをするどころか、不本意だったとはいえ、会員男性を自分のところで足止めさせてしまった。再認識すると、職業の不適性ぶりを思い知らされるようで、凹まずにはいられない。

「落ち込まないでください、深月さん」

俯いていた深月を励ましたのは、キリヤだった。

「あれも、深月さんが関わっていたからこそ生まれた縁ですし」

「それは私の仕事、関係ないし……」

「じゃあ、次、頑張りましょう」

屈んだキリヤが、深月の顔を下から覗き込んできた。

「いい感じのように見えますけど、あの男性の性格だと、また深月さんのところに相談に来るかもしれません。今度は、あの女性との恋愛相談に。その時に、深月さんの結婚コンサルタントとしての腕を奮えばいいんですよ」

「……その時、来るかな」

「調子がいい時の魔法使いの予言は、結構当たるんですよ」

「え、何それすごい」

「魔法は一種の奇跡で、〝目に見える奇跡〟の他に、〝目に見えない奇跡〟があるって話したの、覚えてますか？」

「あー、うん。言ってた気がする。確か、運命の赤い糸をいじったりもできるって」

「僕、今、それ見えてるんですよね」

何気なく言ったキリヤの言葉に、深月は「えっ」と声を上げた。

「み、見えるの赤い糸……？　まさか、あの二人のをいじったの……？」

「いえいえ。さすがに接点のない人のために、大量の魔力を消費したりするのはごめんですから」

実にキリヤらしい言い分だった。

この辺りが、タロウにドライだと言われる所以なのだろう。

と、キリヤの言葉に関して、ふいに一つの疑問が思い浮かぶ。

「……じゃあ。自分の赤い糸は、いじったこと、あるの？　自分と誰かの運命や縁に、干渉したこと、ある？」

尋ねると、それまで饒舌だったキリヤが、途端に黙り込んだ。

まるで、深月の質問に「ＹＥＳ」と答えているかのように。

「……キリヤ？　キリヤ君？　あの、なんで目を逸らすのよ……………………充君？」

「深月さん、名前は反則ですって……」

「だって、キリヤが下手に誤魔化そうとするから」

「……ありますよ。赤い糸をいじったこと。運命に、干渉したこと」

「あ。やっぱりあるんだ」

「でも、これ以上は話しません」

ぷい、とキリヤがそっぽを向いた。

今日の彼は大人っぽい格好なのに、その反応がなんだかとても子供っぽくて、深月は思わず、くすり、と笑みを落としてしまう。

彼のそのギャップを、ちょっと可愛い、と思ってしまったからだ。

「と、とにかく……あれは、結ばれるべくして結ばれた縁ですよ。ですから、深月さんはもう心配しなくても大丈夫。もしまた同じようなことになるなら、その時は、僕がどうにかします。だから……」

「だから？」

「……ちゃんと、僕を頼ってくださいね」

キリヤの言葉に、はた、と一瞬思考が止まった。

脳裏を過る光景があったからだ。

（あれ、今の……なんだろう……？　この前……じゃない。もっと前の——）

「さ、深月さん、帰りましょう。こんなところに長居していたら風邪をひいてしまいますし。今日はクリスマスイブですから」

「あっ、そういえば、世間的にはそんなイベントが」

社会人になってからのクリスマスイブは大体が仕事で、休日なら明美と陽菜と女同市でパーティするくらいのことしかしていなかった。だから、街中の楽しげな雰囲気を、別世界の出来事のように感じていたのだ。

そんな深月の他人事のような反応に、キリヤが「何言ってるんですか」と呆れたように肩を竦めた。

「我が家でもクリスマスの準備、ちゃんと完了してますよ」

「えっ、いつの間に!?」

「深月さんが仕事してる間に、です。タロウが待ってますから、早く帰りましょう」

言って、先ほどと同じようにキリヤが腕を差し出してきた。

深月が掴むと、彼はゆっくりと歩き出す。

ふと振り返ると、交差点の男女も、予約してあるレストランへと一緒に向かうようだ。

それを見て深月は嬉しくなり、なんとなくキリヤとの距離を詰めた。

◆◆◆

自宅に帰り着くと、本当にクリスマスの準備がしてあった。

どこから用意したのか、クリスマスツリーまであって、ぶら下がった銀のモールにじゃれているタロウが「見られちまった……」という照れ顔で出迎えてくれた。

「では、始めましょうか」

ぱちん、とキリヤが指を鳴らす。

と、部屋の電気が消えると同時、宙に丸いランプのような光源が現れた。

部屋の広さこそ変わらないものの、内装が西洋の館のようになる。

白いクロスによって、いつものテーブルがレストラン仕様に。何もなかったその上にも、いつの間にか豪勢な料理の数々が出来立ての様相で並んでいた。載り切らない量のお皿にはクリスマスの定番料理、七面鳥の丸焼きらしきものまである。

「すご……。よくこんな準備、今日だけでできたね……」

「ふっふっふっ、魔法使いですからね。それに、深月さんに貰った力、ストーカー問題にはまったく使わなかったので、ここで使うことにしました」

「たしかに。てっきり、魔法でどうにかしてくれるのかとばかり」

「僕、一言も魔法を使うなんて言いませんでしたけど」

深月はキリヤとの会話を思い返す。

――「たくさんの力をくれたら、頑張りますよ」

確かに、彼は問題解決のために「魔力をくれ」とも「魔法を使う」とも言っていなかった。

じゃあ私が抱きしめたのは一体なんだったのか、と深月は思う。だが、それは目の前のこのクリスマスパーティーになったので、無駄ではなかったのだろう。

しかし、本当にすごい……と深月が席に着いて感心していると、

「メリークリスマス、深月さん」

目の前に、キリヤがシャンパングラスを差し出してきた。

と、彼の格好に深月は唖然とする。いつの間にかサンタ服になっているではないか。

「ちょっ、何それ……」

「サンタ服です」

「それは分かるけど、なんでまた」

「クリスマスですから」

「いやそれも分かるけど……っていうか、髪型もいつもの癖っ毛に戻ってるし」

「髪型も、衣装替えと同じく、魔法でマイナーチェンジしてました」

「本当、便利だし……。本当、なんでも似合うし……。ふふっ、あはは」

スーツに眼鏡と同様、サンタ服も、やっぱりキリヤは着こなしていた。それがなんだかおかしくて、深月は思わず笑ってしまう。

ようやく呼吸が落ち着いてから、深月はグラスを受け取った。

「うん……メリークリスマス、キリヤ」

◆◆◆

クリスマスから数日で、深月の勤める会社も正月休みに入る。

今日はその仕事納めの日なのだが、深月のブースには件の男性会員がやって来ていた。

何を隠そう、『恋愛相談』に、である。

「高山さん、俺、来年はもしかしたらよい報告ができるかもしれません。でも、結婚が決まるまでは、一応まだ会員を続けるつもりです」

「そうですか。しっかり決まることをお祈りしてますね」

「ありがとうございます。……しかし、高山さんの婚約者さん、すごいですね」

「え？」

「クリスマスイブの日、俺を追い返したくて『今から駅へ向かえ』なんて言ったんだろうなって思いながら向かったんです。そうしたら、運命の出会いがあった。占い師みたいで、びっくりしましたよ」

「あ、あはは。たまたま、ですかね……」

「それでも、俺はあの日、奇跡が起きたと思いました。婚約者さん――いえ、未来の旦那さんにも、よろしくお伝えください。これは俺からのお詫びです」

言って、男性はデスクの上に風呂敷包みの酒瓶を置いた。

「あの、これは……」

「高山さんからいろいろと伺っていた時に、お酒が好きだと聞いていたので。では、よいお年を」

そう年の瀬の挨拶をして、男性は去っていった。

「なんだか立派そうな日本酒をいただいてしまったけど……ま、いっか」

男性の出ていった方を見て、深月は笑みをこぼした。

深月に言い寄ってくる素振りは、もうなかった。メールの嵐も止んでいる。

きっと結ばれるべき縁と結ばれたからなのだろう。彼自身も、晴れ晴れとした表情をしていた。だから、もう心配せずともよさそうだ。彼が言ったように、来年はよい報告だって聞けるかもしれない。

「来年の楽しみが増えちゃった」

一時は苦しかったけれど、それも、もう過去の話だ。

そう感慨深く振り返りながら、深月はその日、今年一年の仕事を納めたのだった。

◆◆◆

自宅に帰ると、深月はさっそくキリヤに男性のことを報告した。

「そうですか……。いやぁ、僕のおかげですね。ですよね。ね？」

先日ジョーが見せた以上のドヤ顔で、キリヤが言った。

タロウの時も思ったが、やはり旧い友人同士、似てくる部分があるのかもしれない。

「うん。本当、キリヤのおかげだと思う」

今回の出来事で、深月はキリヤがいてくれてよかったと思った。

彼は魔法らしい魔法を使わなかった。

だからこそ、魔法使いの〝彼〟ではなく、人間としての〝彼〟が、自分を助けてくれたと深月は強く感じたのだ。真っ暗な夜、帰った部屋に灯りがともっていた時のように、彼が心細さを解消してくれた。

だからこそ……その尊さに、気づいた。

そんな深月の心が通じたのか、キリヤが真顔になった。

「あれ？　深月、さん？　なんか、魔力……すごい流れ込んでくるんですが」

「え、そうなの？」

キリヤの言葉に、深月は首を傾げる。

まだ、何も言ってないし、あげてもいないのに。一体、なぜ？

「はい。昔に戻ったみたいです。まるで、世界が僕を――」

そこまで言いかけて、キリヤはボフッとクッションに顔を埋めた。

「え？　き、キリヤ？　どうしたの？」

「すみませ……ちょっと今、顔がにやけちゃって。見せられない……」

「にやけてるの？　なんで？」

部屋の片隅にいたタロウに、深月は答えを求めるように視線を送る。が、彼は素知らぬ顔でリビングから出ていってしまった。黒い尻尾が、手を振るようにして廊下に消える。

「え……タロウまで？　なんで？　キリヤ？」

「……………………………………………………深月さん。魔力って、なんだと思いますか」

顔をクッションに埋めて隠したまま、キリヤがくぐもった声で言った。

「何って……」

感謝すること。褒め言葉。コンビニスイーツ。絆創膏。信頼。ハグ。

どれもバラバラだと思ったが、深月は頑張ってそこに伴っていた自分の気持ちを思い出す。キリヤが自分に使ってくれた魔法を思い出す。キリヤの言葉を思い出す。彼が求めていたものを思い出す。世界が彼に何を与え、何を与えなくなったのかを――。

「――……あ」

思い当たるものがあって、深月は声を上げた。

キリヤを見れば、もぞ、とクッションの中にさらに埋もれようとしている。

心なしかクッションが大きくなっている気がするが、恐らく気のせいではないのだろう。隠れようと彼が魔法で大きくしているのだ。

「キリヤ……」

「……はい」

「契約結婚、しよっか」

深月の提案に、キリヤがようやく顔を上げた。

魔法使いの目が潤んでいる。

今この時にたくさん与えられている魔力のせいか、それとも深月の決心のせいか。

否、どちらか一方ではなく、その両方のせいなのだろう。

「はい……。どうぞ、よろしくお願いします」

そう言って笑う魔法使いの目から、一雫の涙が落ちた。

エピローグ　契約、完了

魔力の流れが落ち着いたらしいキリヤの正面に、現在、深月はテーブルを挟んで座っていた。

目の前のテーブル上には、一枚の紙が置いてある。

紙は、〝結婚契約書〟。

それを見て、深月はキリヤと出会った夜が明けた時の衝撃を思い出した。

今と同じような構図で、いきなり契約結婚を迫られたのだ。

あの時の深月は、混乱と自己嫌悪と説明の胡散臭さから〝婚約〟という形でこの契約を先延ばしにすることを選んだ。

初対面の男性にいきなり魔法使いだなんだと言われ、契約結婚をしてくれと迫られたのである。むしろよく追い出さなかったな、とやはり自分の危機管理能力を疑ってしまう。

けれど深月は、あの時の自分の選択を後悔していない。

あの時、彼を追い出していたら、こうして今、あの朝サインを断った契約書に再び向き直ることもなかったのだろうから。

「時にキリヤ。私、思い出したことがあるんだけどね」

「はい。何を、ですか？」

「三ヶ月前のあの晩……私がキリヤに叶えて欲しいって言った、願い」

魔法で宙から取り出されたペンを受け取りながら、深月はキリヤを見つめる。

「あの時、私、寝ぼけてたけど……『私も誰かに頼りたい』って言ったんじゃない？」

深月の答えに、キリヤは目を伏せ、静かに首肯した。

三ヶ月前の深月は、周囲から頼られてばかりで、でも自分には頼る人がいなくて、ストレスに押し潰されそうになっていた。

……結構、限界だったのではないかと思う。

特に、酔っ払ってキリヤを家に上げてしまった日なんて、やけっぱちだった。そんな状態だったからこそ、見ず知らずの男性を家に上げるなんてことができたのだ。

けれど、本当は、あの時、誰かに頼りたかった。

頼れる誰かに、一緒にいて欲しかった。そして、安心したかった。

それを、奇しくも、あのストーカー騒ぎの一件で、深月は思い出したのだ。

キリヤが「ちゃんと僕を頼ってくださいね」と言ったから。

それが、自分の願いだった、と。

「『私も誰かに頼りたい。頼らせて欲しい』――それが、あの晩、深月さんが僕に願ったことです。ね、可愛いお願いだったでしょう?」

言われて、深月は赤くなる。

そんな、自分の弱さを曝け出すような真似をしていたなんて、隙だらけにも程があるだろう。

「……あの時、寝言でもそう頼んでおいてよかった」

「石油王の口座とか言われてたら、僕も困ってしまったと思います」

「もし叶えてもらってても、それはそれで私も困ったと思うよ。全然、安心できないし。だから、私はキリヤが頼らせてくれる今の生活がいいかな……」

言って、深月は契約書に自分の名前を書き記す。

『桐谷充』と書かれた、その隣の空欄に。

「……深月さん」

「はい」

「これから、もっとおいしいご飯を作ります」

「うん。楽しみにしてる」

「だらしないところは、できるだけ直します」

「ええと、それはむしろ、私の方が直さないと……」

「幸せにします」

「私だって」

「……魔力の正体、気づいてくれたんですね」

「たぶんね。恥ずかしいから、言わないけど」

「そのうち言ってもらいますからね」

「キリヤから先に、でしょう？」

――『高山深月』と。

その署名が済んだ瞬間、契約書の文字が光となって浮かび上がった。

それが互いの左薬指を結びつけるように絡みつき、やがて指輪のような円環の印となったかと思うと、一瞬強く光って――消えた。

「これで、契約は完了です」

「ほおー。なんか、あっさりしてるような、重いような……」

薬指を眺める深月の感想に、キリヤが「どっちですか」と苦笑した。

「あ。そう言えば、この間の男性会員さんから、お詫びにってお酒を貰ったの。よかったら一緒に飲まない？　契約結婚祝い」

「いいですね。僕もちょっと飲みたい気分ですし、そうしましょうか。今日は前みたいに暴走したりしませんから」

そこで二人は、風呂敷包みの酒瓶を開けた。有名所の日本酒大吟醸（だいぎんじょう）の生酒だ。いいお酒なので、するする飲めてしまう――が、酔わないわけではない。

「ふふ……。気持ちいいかも……」

深月が思考をふわふわさせていると、お猪口一杯でやめたキリヤが「飲み過ぎですよ」と窘（たしな）めてきた。

深月がキリヤの前で酔うまでお酒を飲むのは、これが初めてだった。

そもそも、誰かの前で酔った姿を見せるなんてことも。

「記憶、飛ばしたりしちゃだめですよ。今日のことは、ちゃんと覚えててくださいね」

キリヤが深月を気遣うように、水の入ったグラスを勧めながら言った。

その瞬間、ふと、深月は既視感を覚えた。

（あれ？　この状況、どこかで……。キリヤを助けた時？　……ううん、違う……）

ぼんやりする頭で考える。

隣のキリヤを見る。

その顔をまじまじと見つめる。

星空を閉じ込めたような瞳が、深月を心配そうに覗き込んでいる。

「深月さん、大丈夫ですか？」

「うーん……。どこで……」

「……これは、酔い覚ましの魔法をかけておいた方がよさそうですね」

言って、キリヤは深月の額に手を当てた。

瞬間、眼前がチカッと光ったような気がして、深月はパッと目を見開いた。

「……あ。思い出した」

ぽつりと呟いた深月に、キリヤが不思議そうな顔になる。

「思い出したって、何をですか？」

「キリヤ……私たち、会ったことあるよね。今年の夏じゃなくて、もっと前の……六、ううん、七年前」

深月が社会人になりたての頃、一度だけ泥酔したことがある。

それを、どこかの男子高校生に助けられた。

魔法を使えると宣った、不思議な高校生。彼が、自宅まで送ってくれたのだ。

しかし、朝目覚めると彼はいなかった。

酔っていて顔も覚えていなかったし、名前も知らないし、なんなら夢だと思って、今まですっかり忘れていたのだが……。

「……もしかして、あれ、キリヤだったのかなって」

深月がそう言った瞬間だった。

キリヤの顔が、真っ赤になった。

「お、思い出しちゃったんです……か……」

「え。やっぱりキリヤだったの！　っていうか、キリヤはそのこと、ずっと知ってたってこと？」

キリヤは「知ってました」と小声で白状した。

それから、もう一つ、深月が知らなかった秘密を教えてくれた。

「深月さんが助けてくれたあの晩――二十五歳になる誕生日に、僕は魔法を使ったんです。残っていた魔力のすべてを使い切って、〝目に見えない奇跡〟を起こそうと、願いました。……『深月さんと縁を結んでください』って」

言って、キリヤが静かに頭を下げた。それから、

「あなたの運命の糸をいじりました」

そう、絞り出すような声で言った。

「じゃ、じゃあ、まさか私、別の人と結ばれるはずだったの？」

「いえ、ではなく…………。深月さんの相手は、不在だったので」

おずおずと顔を上げたキリヤが、バツが悪そうに視線を逸らした。

お酒の酔いでぼんやりしつつも、深月は彼の言葉の意味を理解して脱力する。

「それって、キリヤが魔法を使わなかったら、私、一生独身だったってこと？」

「そ、そういうこと、ですね。なので、僕でもいいかなって……。ごめんなさい」

「なんか複雑な気分ではあるけど。でも……」

「でも……？」

「……今はそうしてくれたこと、感謝してる、かな」

ずっと一人だったはずのこの先の人生。

それも悪くないと深月は思っていたけれど、ちょっとだけ寂しいとも思っていた。

それを彼が魔法で変えてくれた。

ちょっとだけの寂しさなんてものすらも、隙間を満たすようにして、感じなくて済むようにしてくれたのだ。だから、感謝する以外ないだろう。

「でもさ。私はいいけど、キリヤはよかったの？　自分の相手、変えちゃったんじゃ……？」

「実は、僕もなんです。僕も赤い糸の相手、いなかったんですよ」

「そっ……かぁ………。ふふっ……」

キリヤの言葉にホッとして、深月は笑ってしまった。

それなら、誰に気兼ねすることもなく、彼と歩んでいける。

「でも、なんで私だったの?」

「当時の——高校生の頃の僕は、すごく人間関係に疲れてて……。もう誰にも魔法を使いたくないって思うようになってました」

以前キリヤが言っていた話を深月は思い出す。

「それで、僕と同じように、日常に疲れて酔い潰れてしまったらしい深月さんを、放っておけなかったんです」

「う……。その節は、ご迷惑を」

「いえ、おあいこですし……。そもそも僕なんて、深月さんを狙って迷惑かけたようなものですし……」

決まりが悪そうにキリヤが頬を掻く。

お互いに謝罪合戦になりそうだった。

「それで、ですね……。僕が魔法で介抱している時、深月さん、意識ほとんどなかったのに、ものすごく謝って、ものすごく感謝してくれたんです」

深月は苦笑する。

その時のことは全然覚えてはいないが、酔っ払って誰かに迷惑をかけることが自分にあれば、無意識でもそういう反応をしそうだと思った。

「それと……」

「それと？　他にも何かあったの？」

「深月さんは、僕のために泣いてくれました」

「泣いた!?　私が!?」

深月はギョッとした。

人前で泣いたりなんて絶対にしない、とずっと思ってきた。

誰かが泣くのは構わない。しかし、自分が人前で泣くのは、はしたないから嫌だ、と物心ついた頃から思っていたのだ。

だから深月は、キリヤの言葉が一瞬信じられなかった。

でも、そう言えば……と、ふと思い出す。

七年前のあの日の翌日、起きた時に目元が珍しく泣いたように腫れていたのを。

「なんとなく気晴らしに身の上話をしただけだったのに、深月さん、真剣に聞いてくれて。悲しかったよね、辛かったよね、って。泣けなかった僕の代わりに、こっちが不憫になるくらい泣きじゃくってくれました」

「お、お見苦しいところを……」

「いえ。おかげで僕は二十五歳になる時、深月さんになら魔法を使いたい、って思えたんですから。深月さんしか、思いつかなかったんです。〝あなたに出会えて、よかった〟」

微笑むキリヤの言葉に、当時出会った高校生のおぼろげな面影が浮かんできた。

確かに、会ったことがあるのだろう。

人のいない公園から自宅までの、たった一夜の間の短い出会いだったけれど。

「そっか……。でも、今のキリヤも、私になら魔法を使ってもいいって思えてる？」

「はい。僕、深月さんのこと、好きなんで」

キリヤは、躊躇うことなくそう答えた。

「だから、今日は契約結婚してもらいましたけど、次はちゃんと〝結婚〟を決めてもらえるように頑張りますね」

「あれ？　あ……あー……うん」

キリヤの言葉に、深月はふと思い出した。

そうだ。今日したのは、魔法使いとの〝契約〟結婚だ。

世間一般の結婚とは違うもの。だが……。

（……私、もう普通の結婚だって、キリヤとならしてもいいと思ってるんだけどな）

赤い糸すら見える魔法使いにも、深月の気持ちは見えていないらしい。

確かに魔力の源――〝愛〟は伝わっているはずなのに。

「……鈍感」

「えっ？　なんですか、突然」

「なんでもないですよーだ」

「ええー」

極上のイケメンが、答えを求めるような目で見つめてくる。

深月はその視線から逃れるように、お猪口に残ったお酒を飲み干した。

キリヤが注いでくれたお酒には、彼の魔力が溶け込んでいたのかもしれない。

甘くて優しくて……どこか安心する……。

そんな、幸せの味がした。

END

双葉文庫

み-30-02

魔法使いと契約結婚 ふしぎな旦那様としあわせ同居生活

まほうつか　けいやくけっこん　だんなさま　どうきょせいかつ

2019年5月19日　第1刷発行

【著者】
三萩せんや
みはぎせんや

【発行者】
島野浩二
【発行所】
株式会社双葉社
〒162-8540 東京都新宿区東五軒町3番28号
［電話］03-5261-4818(営業)　03-5261-4851(編集)
www.futabasha.co.jp
(双葉社の書籍・コミックが買えます)
【印刷所】
中央精版印刷株式会社
【製本所】
中央精版印刷株式会社

【表紙・扉絵】南伸坊
【フォーマット・デザイン】日下潤一
【フォーマットデジタル印字】恒和プロセス

ISBN978-4-575-52225-9 C0193
Printed in Japan